W0410483

JOXEAN SAGASTIZABAL

KUTSIDAZU BIDEA, IXABEL

33. argitaraldia

Autoreak eguneratua

ANJEL ALKAINEN HITZATZEAREKIN

OSTIRAL SAILA

ALBERDANIA

Bitartean ibillico dira becatutic becatura amilduaz; oraiñ pensamentu batean, gueroseago itz loyak gozotoro aditzean: oraiñ escuca, edo queñada batean, guero musu edo laztanetan: oraiñ ipui ciquiñac contatzen, guero dantzan, edo dantza ondoan alberdanian.

(J.B. AGIRRE)

1. argitaraldia: 1994ko apirila

33. argitaraldia: 2004ko ekaina

Eusko Jaurlaritzako Kultura Sailaren laguntza izan du liburu honek.

© Azal, diseinu eta ilustrazioena: Antton Olariaga
© Joxe Sagastizabal Errazu
© ALBERDANIA, S.L.-Istillaga, 2-behea,
20304 Irun

ISBN: 84 – 95589 – 51 – 6
Legezko Gordailua: S.S. 746/2004

Inprimatzailea: ITXAROPENA, S.A. – Araba, 45.
20800 Zarautz

KUTSIDAZU BIDEA, IXABEL

1980RAKO URTE PARE BAT falta zela, uztaileko arratsalde sargori batean ailegatu nintzen zibilizazioaren azken portura, Tolosara.

Mendian gora, Vasconum.

Hemeretzi urtez asfalto hutsean hazi eta baserri batera joan nintzen, neure burua *Josechu el vasco* bihurtu nahian.

Maleta handi batekin.

Kristoren bero bustia.

Ibaiak (akaso neolitikoan ibai izanak) kirasturik guztiz giroa.

Indigena batek seinalatu zidan bidea; tipoak ulertu nire galdera, eta arras harriturik ni, euskaraz komunika nintekeela eta. Beraz, aurrera eta ezkerrera, tuneletik; kostatu egingo zitzaidala, oinez eta dema-harriari tiraka; esan beharrik ez.

Izerditan blai iritsi nintzen tunelera; bizkortzeko, paradatxoetan usain nazkagarri hura. Tunela pasatu, eta Marino Lejarretaren amesgaiztoetan azaltzen zen aldapa. Kontaktuak esana: "Herriaren kaskotik dezente lehenago, baserria bakarrik dago". Ni ere bakarrik nengoen, ai, jauna!, bakarrik eta neka-neka eginda, eta lanrroberra tuneletik, eta indigena potolo-txapeldun-puruduna txofer.

—Atsaldeon!

—Berdin.

—Noa hua?

—Aranguren baserrira, eram…

—Bai, gizona, sartu!

Barrura.

—Aranguren prostuf-iar-txaputi?

—Nola esan duzu?

—Aranguren ñok txarriniau familia?

—Eee, ez naiz familiarra, euskara ikastera nator.

—Euskera ikastera? Ah, buen sitio Harrialde, todos hablamos aquí, aprenderás enseguida, ya verás.

—Hori uste dut, eta horre…

—...llau gaituk! Aranguren hauxe dek! Flusping-txetxerrep eta asko ikasi!

—Eskerrik asko.

—Una cosa tengo que desirte, los de Aranguren no hablan tan claro como yo, tienen fama de hablar serrao.

Ai, Santa Gertrudis!

Bueno, etxe zuri-gorri bat eta bi zakur zaunkari niregana, bata handi-handia, bestea txiki-txikia eta ni erdi-erdian. Metro batera geratu ziren, zaunka eta zaunka. Animaliek beldurra igarri, eta, nola gehiago aztoratzen diren, egundoko ahaleginak egin nituen ikara ezkutatzen, baina belarri-zulotik ere irteten zidan.

—Txuri, Negro, hona!

Eta Txuri eta Negro, hara; harrigarria benetan.

Munstroek alde egin eta printzesa zetorkidan, nire adineko neska musugorri-urre-rubia-irribarretsu bat.

Neska katxarroa, aizue.

—Hola, zu zera gure etxera datorrena?

—Aranguren da hau?

—Bai.

—Ba bai.

—Ederki, pozten naiz; Ixabel naiz, eta zu?

—Juan Martin.

—Bueno ba, zatoz, mutiko, etxia eta familia ezautu behar dituzu.

—Zenbat zarete zuek?

—Ba amona, gurasuak, bi anaiak, ahizpa eta ni, eta behiak, oiluak, konejuak, ardi batzuk, txakurrak, katuak eta euli pilo bat.

Gary Cooper-ekin gogoratu nintzen: *Solo ante el peligro* sentitu nahi bazuen, hona etorri besterik ez.

Segitu nion Ixabeli; lanerako jantzita, soineko zaharra, mantala eta imajinatzen hasia nintzen gorputza azpitik.

Gazte nintzen oso.

Ez nekien gauza handirik neskei buruz.

Baina gustatu egiten zitzaizkidan.

Sartu ginen, belarra eta simaurra nahastuta sentitzen den fragantzia sudur zuloetan, eta hantxe zeuden, denak sukaldean.

Monster familia.

Saiatuko naiz azaltzen: amonak ez zuen banpiroa ematen, aitak ez zuen Herman Monster-en itxurarik, ezta amak Yvonne De Carlo-rena ere, baina oro har... bi anaiak, bikiak dudarik gabe, eta, dudarik gabe ere, buru normal batean kabitzen dena erdibana; ahizpa, ipuinetako amaordearen alaba, itsusia bai behintzat, gaiztoa?, ez nekien artean; gurasoak, intzestu-ezkontza eginak, ze igual-igualak ziren, sendoak, boronoak, bekozkoak; eta amona!, *La bruja piruja!* txiki-txikia, begiak zimur arteko zulo sakonetan, beltzez guztiz, eta azken irribarrea, berrogeita zazpian.

Hori dena begirada batean.

Eta Ixabel erdian, eta maite zituela zirudien. Sasi arteko lorea.

Seguru errekan jasoa zela saski eta guzti.

Gauza bat segituan konprobatu nuen.

Hablaban serrao.

—Kaixo, moteil, txorronfuf basilao! —Bikiek, zartada latzak bizkarrean.

—Munzj galitxrop. —Aitak.

—Txurriasko xertujg. —Amak.

—Berdin. —Nik.

—Kaixo, Bego naiz, zer moduz? —Ezin izan nion ezer erantzun, ulertu duenaren harriduraz.

Amonak begiratu ere ez zidan egin.

Eta familia-buruak, denon izenean, ongi-etorritzat hartu nuen diskurtsoa bota zidan; tutik ez nion ulertu, hitz batzuk, "baserria", "lana", "nekia"; familia-burua ama zen.

—Bueno, moteil 'torri ai, kuartua 'kutsiko diau!

Ixabeli begiratu nion.

—Beraiekin joateko, kuartoa erakutsiko dizutela.

—Eskerrik asko, Ixabel.

Ama hizketan hasi zitzaidan, eta Ixabelen laguntzaz zera ulertu nuen: ez neukala oherik, baizik eta lastaira lurrean, baina pentsatzen zuela ondo egongo nintzela.

Beraz, bikien atzetik goiko pisura joan nintzen; bidean, argi eskas hartan, usain beroak eta mastekatze-hotsak... baserriko beste bizidunak.

Kuarto handia, bi ohe biki bikientzat, eta, erdian, nire lastaira txukun-txukun jarria, izara urdinak eta tapaki gorrixka. Kuartoan, bestela, armairua besterik ez; han egokitu nituen ondasunak.

Bikiak sinpatikoak ziren, jardun eta jardun ari zitzaizkidan, eta laurdena ulertuz, hiru laurdenak asmatuz, moldatzen nintzen.

—'torri Juanma, baserria 'kutsiko diau.

Eta baserria "kutsi" zidaten.

Dozena bat behi. Ez naiz sekula "behifilo" izan, aurpegi zuntzun horiek, behi-aurpegiak, jakina; behiak, bej! Nire bihotz esker txarrekoan inongo xamurtasunik ez esne, jogurt, gazta, gurina, natazko pastel eta abarrengatik; inondik ere ez nituen erlazionatzen gutizia horiek aziendekin; nik erosketak supermerkatuan, eta supermerkatuan behirik ez; txistera magiko erraldoitik sortutakoak salgai.

Behi bakoitza bere apartamentuan zegoen; apartamentuak, egongela, logela, sukaldea eta komuna zeuzkan; lau hankak gorputzaren euskarri, egongelan; burua sukaldean sartuta, askan, belar artean; atzealdean, komuna zegoen; eta egongela, logela zen gauez.

—Denak behiak dira? Zezenik ez dago?

—Zezena? Bai gizona! Hoixe daola, zein iruditzen zak izangoala?

—Handiena, hori.

—Eztek pa hori, hori gure Juanita dek; ez al dituk errapiak ikusten?

—Errapiak? Zer dira errapiak?

—Hauxe!

Errapiak = Tetas de vaca. Fitxerora.

Begira jarraitu nuen: errapiak, errapiak, errapiak... uaoo!

—Hau da zezena.

—Oso ondo, baina eztek zezena, iskua dek, oso gaztia dek oraindik.

—Iskua?

—I-dis-ko-a; haunditzen danian, zezena.

Idiskoa = torito. Fitxerora.

Zuek hau irakurri eta igual ni lasai asko nengoela pentsatuko duzue, beldurra ez da letretan igartzen eta. Bada, ez, lagunok, guztiz akojonatuta nengoen, bikien aurrean plantak egiten banituen ere. Promiskuitate hartan, han, piztia artean, eta zera zegoela! ZEZENA! UN TORO! "Gaztia" zela, "iskua" zela, ja! Manolete akabatu zuenak lau urte eskas zeuzkan!

Atzealdera joateko pasabide estua zegoen *sukaldee*n aurretik, eta behiak eta Manolete gizajoaren akabatzailea, jendea ikusi orduko, aurreraka oldartzen ziren, jana zetorrelakoan, eta pasatzen zenarengandik hogei zentimetrora gelditzen ziren adar-puntak; pasatzen zena bikietakoa bazen, *no problem*, "OIN EZ, JUANITAAA!" esango zion, adarretik heldu, kopetaldean jo builaka... Ni paretari Spiderman baino erantsiago, baina eske, ai!, pasilloaren bukaeran aharia zegoen! Adarretik adarrera! Sekula ez nintzen ohitu, handik beti Speedy Gonzálezenak eginez pasatzen nintzen.

Behean, sukaldea eta ukuilua; goian, logelak, komuna eta mandioa; telebistarik ez inon.

Ai, Santa Gertrudis; kajatontarik gabe bizi ote liteke?

Ixabel, Bego eta *La Bruja Piruja* batera lotarako; gero, senar-emazteak; eta hirugarrenean, bikiak hiriko maskotarekin.

Afaltzeko ordua. Neka-neka eginda nengoen ulertzeko egin behar nuen ahaleginarengatik, eta bizi-beharraren edo *superbizi-beharraren* emozioengatik.

Tortilla eta txerri-txuleta. Nire urdail delikatuak gauez entsalada edo kontsomea eta barazki-purea besterik ezin du burutu, baina jan egin behar zer edo zer, senak ziostan energia handia beharko nuela.

Denak jatun onak, baina amonaren sakea! Berrogeita zazpian Manoleterekin bateratsu hil zitzaion gizonarentzat ere ari zela ematen zuen.

Ikasteko nintzen han, eta ea nola esaten zuten "tortilla de patatas", "tortillapatata"; perfesto, arratsalde bakar batean "iskua", "tetas de vaca" (nola zen, nola?) eta "tortillapatata" esaten ikasia, horrekin bazegoen irteterik mundu zabalera.

Eta postrea.

Intxaurrak.

Guinnes liburuan azal ninteke intxaurrekin barregarri gelditu den pertsona bakar gisa.

Denek eskuez txikitzen zituzten, eta ahora minutuko bost (amonak bederatzi), inongo lanik gabe.

Nik ere saiatu beharko nuen bada.

Bi hartu eta indar guztiaz sakatu nituen elkarren kontra, burdinazko intxaurrak. Amak belarrira hitz egin zion aitari. Beste ahalegin bat, alferrik; seguru hiriko marikitentzako intxaur itxurako harriak zirela. Aitak Begori, barre txikiak; Begok Ixabeli, honek errukizko begirada.

Disimulu handiz mahai-gainean utzi nituen bi ale madarikatuok, oso-osorik; amonak hartu, mahaiaren kontra jo, txikitu, jan, eta beste atzaparkada bat hartu zuen ontzitik.

Ixabelek intxaur batzuk kraskatu zizkidan, erraz asko, ez nuen horratik nire ar-indarraz liluratuko.

Nagusitasun intelektualaz, agian.

Baserria.

Hamarrak. Zer egin daiteke ordu horretan telebistarik gabeko etxe batean?

Gurasoak erretiratu egin ziren; Ixabelek zera esan zidan, irratia entzun eta goiz lotaratzen zirela, seietan jaiki behar zutela eta; lasai egoteko, nik zazpiak arte (!) lo egin nezakeela.

Neskak harrikoa egiten hasi ziren; amona, desagerturik... Akelarrean seguruena; bikiek, beraiekin kafe hartzera joateko, herrira ("kafia" eta "herrira" ulertu nien). Ez neukala gogorik; egia esan, ez nuen neure burua ikusten bikien koadrilarekin: ezagut bitza bakoitzak bere mugak.

Atarira atera nintzen, ilargia ia betea, hego-haize epel-epela, errekastoaren murmurioa, kilkerrak, belar-usaina...

Hasperenka.

—Juan Martin. Zer, dagoeneko damututa, etxera bueltatzeko goguakin?

—Eeez, hain desberdina da dena.

—Gu hemen jaioak gera ba, beti hemen bizi izan gera; zu estudiante izango zera, ezta?

—Bai, Ekonomia ikasten ari naiz, eta zu?

—COU egin behar, Tolosan; gero Filosofia estudiatzia gustatuko litzaidake, batez ere Schopenhauer eta Hegel. Donostira jun beharko det, zure etxera apopilo.

Bi motatako burutazioak: lehenengoa, igual nagusitasun intelektualaz ere ez nuela liluratuko; bigarrena, nire etxean apopilo egoteari buruzkoa, erraz imajinatzekoa da.

Ezin izan nion ezer esan, irribarre koittaduarekin begira.

—Ondo tratatuko zaitugu, mutiko, ondo pasako dezu, eta guk bezala egingo dezu hizketan.

—Zuri oso ondo ulertzen dizut, Begori ere bai, baina besteei...

—Bueno, bikiek hika eta oso azkar hitz egiten due, eta gurasuak... bakizu, moteil, baserritarrak.

—Ya; bueno, kuartora joango naiz, ikasi behar dut.

—Ederki. Kontuz zuloakin.

—Ze zulo?

—Ez zera konturatu? Zulo bat dao goiko pisuan, hanka kabitzen da.

—Kontuz ibiliko naiz.

Igo, apunteak atera, eta lastaira gainean egokitu nintzen. Ikasi behar nuen, batez ere aditzak, "lekarzkiguke", "geniezazkiokeen" eta halakoak; seguru nengoen aditzok barra-barra erabiltzen zituztelako ez niela ulertzen.

Bazinderraizkit, bazinderraizkio, bazinderraizkigu, bazinderraizkie.

Zinderraizkidake, zinderraizkioke, zinderraizkiguke, zinderraizkieke.

Cojones con el vascuence.

Lo hartu nuen. Isiltasuna, deskantsua, bakea.

—Juan Martin! Lo al hao? Esnatu hai, moteil! Bueno ez, ez hai esnau, total, guk e sartu bihar diau!

A ze sustoa, amatxo maitea; pentsa ezazue lo zaudetela ederki asko, halako batean marrazki bizidun haietan hipopotamoak botatzen zuen *hipo-aullido-huracanado*a entzuten da, hain modu zakarrean esnatu, eta bi troglodita ikusten dituzue lastaira aurrean, ez esnatzeko esaten.

Hizketan jardun zidaten, baina esna ez banintzen ezertaz aklaratzen, pentsa erdi lo. Erantzi, apunteak eta guzti nengoen, eta barrura sartu nintzen ni ere, ogroen artean.

Argia itzali, eta segituan isildu ziren. Ilargi ia betea leihotik, begiak ohitu, eta inguruari begira hasi nintzen.

Eta ilargiaren argitan ikusi nuen.

Bi metroko armiarma bat, nire aurpegiaren bertikalean.

Seguru asko, Spidermanenak ikusi ukuiluan, eta familiakoa nintzelakoan.

Nazka, hotzikara, beldurra.

Beste deskubrimendu bat: pixontziz inguratua nengoen, biki bakoitzak berea zuen ohe azpian.

Buaj.

"A" zurrungaka hasi zen.

"B"k laster jarraitu zion.

Urkiolako San Antonio, erruki.

Bueltaka eta bueltaka.

Bueltaka eta bueltaka eta bueltaka.

Halako batean "A" ohe-ertzera mugitu zen, nire aldera, tapakiak kendu, ezkerraz orinala atera eta eskuinaz zakiloa (kiloko zakila).

Prsss...

"B"k laster egin zuen beste horrenbeste.

Gauza entretenigarriagorik! Aquapark!

Zurrungari utzi gabe.

Neu jarri nintzen txizagurak, normal!, baina nik, orinalik ez.

Bueno bada, komunera. Joan nintzen ateraino, ireki, itxi eta bi pauso eman komuna aldera.

Orduantxe gogoratu nintzen zuloarekin, eta seko gelditu. Iluntasuna, erabatekoa.

Lau hankatan jarri nintzen, eta aurrealdea ondo eskuztatuz segitu nuen, kontuz-kontuz.

Kontuz-kontuz sartu nituen bi eskuak zulotik barrena, bi besoak, eta kristoren kopetakoa hartu zoruaren kontra.

Baserria.

Maldizioka jardun eta gero (pentsamenduaz), erabat norabiderik gabe aurkitu nuen neure burua, belztasun bete-betean.

Zorria tintontzian.

Ze aldetan zegoen komuna?

Ze aldetan nire gela?

Zuloa behintzat kokatua nuen, eskuak ertzetan.

Nola demontre moldatu Ixa, Bego eta AMONAren gelan ez sartzeko?

Ideia jeniala izan nuen, ahuspez etzan, *zagramoa* zulotik sartu eta...

Egia esan, ari nintzela egundoko beldurra pasatu nuen. Ukuiluaren gainean nengoen, nire irudimen emankorrak bi mila kiloko "isku" bat ikusarazten zidan, saltoka; ezetz asmatu zeri heldu nahi zion.

Eta logurak, nora jo ez nekiela.

Erabaki egin behar, zer edo zer.

Zutitu egin nintzen.

Hiru pauso. Pareta. Eskuinera. Ate bat. Irekitzen hasi nintzen. Kirrinkada, mekauen satanas! (pentsamenduaz).

Ez nuen piperrostiarik ikusten.

Zurrungak; pertsona bat, ez, bi.

"A" eta "B"? Ixabel eta Bego? Amona eta Manoleteren espiritua? Gurasoak?

Pauso beldurti batzuk, lastaira lurrean. Eskerrik asko, Santa Gertrudis.

Eskerrik asko? Berriz han, hipopotamo--zurrunga artean.

Bueltaka eta bueltaka eta bueltaka.

Goizeko zazpiak arte.

UKUILUAN LANEAN ARI ZIREN; mugimendua, orroak, hizketan, justu nire azpian. Zazpiak bost gutxi.

A ze gaua.

Bikiak batera jaiki ziren, ezin nituen banaka imajinatu.

—Benga, Juan Martin, alper o'i, lo gehiegi e'itia txarra dek osasunerako!

La madre que les parió.

Jaiki egin nintzen.

Komunera. A ze aurpegia! Beste bi gau horrelakoak eta Monstertar ni ere.

Sukaldera.

—Egunon, zer moduz egin dezu lo?

—Ez oso ondo, Ixabel.

—Ohitu arte, bigarren gaua hobia izango da; eseri, zer gosaldu nahi dezu?

—Cola-Cao baduzue?

—Bai, oaintxe jarriko dizut katilukada bat, arrautzik nahi?

Bikiak bina ari ziren jaten, *bacon*ekin.

—Bai, bat, mesedez. Non dabil jendea?

—Amona, lo; Bego, Tolosan lanian, medikua da; gurasuak, ukuiluan behiak jezten.

—Nora "jetsi" behar dituzte?

Bikiak algaraka.

—Jo, jo, kalekumia erabatekua, jo, jo!

—Behiak jeztia zera da, *ordeñar*.

—Aaaa...

Bikiak azkar asko abiatu ziren. Mekanikariak omen ziren.

Ixabelekin bakarrik sukaldean. Arrautza jan nuen, eder askoa, egundoko gorringo handia zeukana. *Bacon*ari "hirugiharra" deitu zion, beste bat fitxerora, eta Cola-Caoa ekarri zidanean, hura esnea!

—Ze esne ona! Ze gauza goxoa!

—Klaro, honek ez du txerrikeriarik; bildu, egosi, eta barrura.

—¡Qué rica! —Ixabel barrez hasi zen.

—Zer? Orduan baserriak baditu gauza onak ere, ezta?

—Bai, bai. —Nik hizketan ari zitzaidana neukan onentzat.

Goizetan klaseak neuzkan, Alkizako eskolan. Alkiza non zegoen, ideiarik ez.

—Ixabel, badakizu Alkizara joan behar dudala; bidea "kutsi" beharko didazu.

—Je, je, ikusten? Bikiek bezala hitz egiten dezu dagoeneko!

—Bueno, berandu egingo zait, ez dut lehenengo egunean berandu iritsi nahi.

—Hemendik Alkizara, oinez, hiru ordu laurden behar dira; gaur lagundu egingo dizut.

Kurtsoa ezin hobeto hasten zen.

Ixabel bakerotan azaldu zen. Ez zen argala, potoloa ere ez, inondik ere, baina haragiz ondo beteta zituen praka-barruak. Seigarrenaren eta bederatzigarrenarengatik hamaikatxo aldiz kondenatua nengoen ordurako.

Alkizara.

Gaua desastre, badakizue; argiarekin batera, berriz, goiz bedeinkatu hartan, Ixabel eta biok Alkizara joan ginen hartan, zeruak zenbait grazia eskaini zidan. Tolosa itsusi hutsetik gertu, bidea haran ttipi txukun batetik zihoan. Bake santu hura, zeru urdina, zelaiak, metak, baserriak, brisara oraindik freskoa epeldu nahiz...

Mendiko usainak.

Ixabel nire ondoan, komentarioak eginez, *cicerone* gisa.

Ni airean, etereo.

Eta nire sentimentuak, lagun maiteok, ez Ixabelekikoak *prexixamente*, ez.

Australopitekoarekin gogoratu nintzen.

Bai, bai, esplikatuko dizuet.

Munduarekiko nire eskemetan Australopitekoa Aitalehena zen, Patriarka, euskararen lehen hiztuna, eta berarekin gu denok zilbor-hestez loturik.

Eta goiz bedeinkatu hartan, haranean barrena nire baserritar maitearekin, euskaraz, nire familian haustear zegoen Aitalehenarekiko lotura guztiz tinko uzten nuelakoan pozik nengoen oso.

Ardi galdua etxeraturik.

Josetxu el vasco.

Enfin, hemeretzi urte neuzkan.

Eta Ixabelek Alkizara eraman ninduen, herri koskor bat, han, gain batean.

—Hobe izango da igual beste lagunek elkarrekin ez ikustia. Parre egingo dizue, eskolara ekarri behar zaittutela-eta.

—A, bueno, baina gero bila etorriko zara, ezta? —Memento hartan ez dakit zerk hitz egin zuen, edo Ixabelekin ahalik denbora gehiena pasatzeko nire gogoak edo bakarrik bueltatzeko gauza izango ez nintzelako kontzientziak. Esan egin nuen, behintzat.

—Bila? Ez al dakizu zerorrek etxera joaten?

—Egia esan, ez dakit asmatuko dudan; bidean nire pentsamenduekin eta zuri adituz etorri naiz, despistatuta.

—Hortik, gero baserri hartatik basuan sartu, bide zabala dago Harrialderaino.

Minotauroaren labirintoa.

—Erreza da, moteil, baserrietan galdetzia ere badaukazu.

—Bai, bai, iritsiko naiz, lasai.

—Aio ba, asko ikasi. —Agur eginez abiatu zen neskatxa.

Herriko plazan omen zegoen eskola; ez nekien nor nuen irakasle, are gutxiago ikaskide.

Pauso batzuk, mundu horretan bakarrik ibiltzeko gauza nintzen, uaaoo!

Eskola.

Eta eskolaren aurrean, hauxe:

1.- Apaiz bat. Sotanarik gabea baina apaiza, badakizue zein erraz igartzen zaien.

2.- Bilbotar bat. Ez zen "BILBOTARRA NAIZ" neonezko argitan inon azaltzen, baina badakizue zein erraz igartzen zaien.

3.- Donostiako neska tuntun-txolin bat. Zazpiehun eskumuturreko, lehoia pasatzeko moduko aroak belarrietan, upeleko Marilyn *(rubia de botellazo)*, eta "ii" ozen eta barre txiki zoroz betetako hizkera ernegagarria (neska gajoari hitzik entzun gabea nintzen artean). Esan dezadan, bide batez, ogi tartean jateko modukoa zela.

4.- Gure irakaslea, *irakaslesa,* moztaka eta nor-nori itxurakoa.

Eta bi pertsona *normal:* biboteduna bata, eta ile beltz motzeko neska bestea.

Denak niri begira.

Donostiako tuntun-txolina hurbildu zitzaidan.

—Egunon, Juan Martin Errazu?

—Bai.

—Pozten naiz. —Eskua luzatu zidan—. Irakaslea naiz, Koro.

Koño, koño.

—Bueno, koadrila, goazen barrura, barruan egingo ditugu egin beharreko aurkezpenak.

Herriko eskola, gure mahaiak borobilean, umeen pupitreak baztertuta.

—Ederki, lehenengo lana bakoitzak bere burua aurkeztea. Neu hasiko naiz: Koro Zaitegi naiz, tolosarra, hogeita hiru urte ditut; Magisteritza bukatu nuenetik, euskara irakasten aritu naiz.

"Apaiza" irundarra zen, Joxe Mari, harakina.

"Mutil bibotedun normala" apaiza zen, Pablo.

"Bilbotarra" Durangokoa zen, medikua, Luis.

"Irakaslesa, nor-nori itxurakoa" hernaniarra, eta taberna bateko langilea, Izaskun.

"Ile beltz motzeko neska normala"rekin asmatu nuen: Psikologia ikasten ari zen, donostiarra, Miren.

Neure burua ere aurkeztu behar.

—Juan Martin, hemeretzi urte, Ekonomia ikasten ari naiz.

Txalorik ez.

Taldeka jarri gintuen. Elkarri xehetasun gehiago esateko, gustuak, euskararekiko borrokak-eta kontatzeko, elkar hobeto ezagutzeko. Ni, Izaskun eta Luisekin.

Ikasle-jendea sailkatzea komeniko litzateke, Izaskunen eta Luisen ezaugarriak ikaragarri ondo zegozkien-eta bi saili. Hona hemen euskaltegietan milaka urte pasatu eta gero egindakoa:

1.- Euskara ikasi nahi dutenak (batzuk).

2.- Euskara ikasi behar dutenak (asko).

3.- Ba nire amak "eman nauzu gauza bat" esaten du, eta hori oso ondo dago! (dezente).

4.- Euskaltegira lagunak datozelako datozenak (asko).

5.- Kulebroiekin nazkatutakoak (asko).

6.- Euskaltegia ile-apaindegia zelakoan sartutakoak (dezente).

7.- Izar batetik eroritakoak (dezente).

8.- Euskal literaturaren urrezko orriak irakurri ahal izateko datozenak (inor ez).

Izaskun 3 zen, eta Luis 7.

—Bai, nire izena Luis da edo duzue, eta nahi izanez gero, nahi baduzue, dei diezadakezue Koldo.

—Ba nik uste det ezagutzen dizutela, ez zera Hernanira joaten? Zergatik oso aurpegi ezaguna daukazu.

Horrela torturatu ninduten hogei minutuz; gero Korok ariketa bat banatu zigun, hutsuneak bete, "zintzaizkidaten"-eta (neu onena), eta gero tabernara hamaiketakoa egitera. Tabernan zera jakin nuen: beste *baserritar* bat baino ez zegoela, Miren, Alkizako batean. Beste guztiak, apaiza izan ezik, pisu batean herrian bertan. Apaiza Alkizakoarenean, tentaziotik urruti.

Beraz, Joxe Mari harakina, Luis-Koldo medikua edo sendagilea, Izaskun eta Koro elkarrekin. Inbidia *kotxina* apurtxo bat sentitu nuen, akelarreren bat edo beste imajinatuz, baina bista mendien gainetik Harrialde aldera zuzendu eta Ixabelen kantu-deia entzun nuen, itsas lamiak Ulisesi bezala ari (kuriosoa, ze, esan dudan bezala, hori bistarekin entzun nuen).

"Lasai, Penelope —nire bihotza—, itzuliko naiz zuregana, ozeanoak zeharkatuz, ziklopeak menderatuz, eta pretendiente likits horiek banan-banan estrangulatuko ditut". Eta, ai!, "pretendiente" hitzarekin batera, Stephen Hawking-ek handik urte batzuetara deskubritu zuen zulo beltzaren ikara infinitua nire errai errukarrietan; seguru inguruko baserrietan, COU egin behar zuen Tolosako institutuan, nonahi, dozenaka gizaseme onanismokeriatan zebilela Ixabelengatik; eta ni han, urrutian, otsoak itxitura gainetik ari zirelarik!

—Juan Martin.

—E? Zer, Miren?

—Harrialdera joan behar duzu, nire baserri aurretik pasatu behar duzu, joango gara elkarrekin?

Ordurako, nik pretendienteak estrangulatzen nituen bitartean, lehenengo goiza bukatuta.

—Bai, Miren; zein da zure baserria?

—Hango hura, Zelaitxo.

Abiatu ginen, ikaragarri gustatzen zitzaidan herriz herri ibiltze hori, aldamenean neska eder bat nuela.

Portzierto, lehen hasi naiz bada mitologiakeriatan, badago esan beharreko zerbait. Nire izena, jaun-andreok, Juan Martin Ulises da. Luze joko luke, baina bueno, nik banuen aitaita bat, Salamancan greziera-katedraduna, egundoko lata eman zuena niri behar bezalako izen bat jar ziezadaten, eta bere lehenengo helburua lortu ez bazuen ere (Agamenon), iritsi zuen, ordea, Ulisesentzat brontzezko domina.

—Zer moduz baserrian, Juan Martin? Aldaketa handia? Familia jatorra?

—Jende ona da, bai, baina ni kaleko-lehengusu-tonto-señoritoa sentitzen naiz. Baserri giro hau *Heno de Pravia*ren iragarkietan bakarrik ikusi dut. Zu zer moduz?

—Bueno, oso ondo, ni nagoen etxeko senar-emazteek bi alaba dituzte, nire adinekoak, eta...

—Bikiak?

—Bai, bikiak dira; nola dakizu?

—Nik ere bikiak dauzkat baserrian, laster ezkonduko zaizkigu laurok.

—Bueno, ba *nire* bikiak Salamancan daude, eta etxeko alaba berria naiz; oso ondo tratatzen naute, oso kariñosoak dira.

Beraz, biren gelan bakarra bazen, ohe bat libre, hipopotamo-zurrungarik gabe, eta Miren eta biok euskaraz maitez elkar eta...

Baina Peneloperen deia entzun nuen; bistarekin, berriz ere.

Zelaitxoren atarian, ordu biak, gose ederra.

—Bueno, hala, baserrira lanera. Bihar arte!

—Bihar arte, Miren.

Bueno, eta non zegoen Harrialde?

Alkiza hor, orduan hortik izango da, edo hortik?

Hemendik, gizona, hemendik.

Handik hogeita bost bat minutura konturatu nintzen ez zela *hemendik*.

Beroa, gosea, ezparak odol berritara...

Hortik izango da.

Eta Jaungoikoari esker *hortik* zen.

Laurak hogei gutxi, mundu guztia siestan; ez, Ixabel nire zain sukaldean.

—Azkenian! Ez zera be'la ailau!

—Galdu egin naiz; ikasle batekin bere baserrira joan eta despistatu, horixe gertatu da.

—Bueno, hemendik aurrera ez zera galduko, ezta?

Esertzeko esan eta disfrutatzen hasi nintzen. Ixabelek kilometroak egiteari ekin zion, sukaldetik atera gabe. Babarrunak berotzen jarri, ura, platera, kubiertoak, ogia, eta bere usaina zetorkidan, *Nenuco* nire ustez, izerdiarekin nahasturik.

Ai, Penelope, izango al duzu pretendienterik?

Ezin nion hori galdetu, bigarren egunean eta babarrunak sutan zituela.

Babarrunak eta maitasuna ez dira sekula nahastu behar.

LAURAK ETA HAMAR. Euli pila sukaldean, babarrunak plisti-plosti urdailean.

Ixabel niri begira.

—Siestatxoa egin behar det, Juan Martin.

—Ondo, nik ere…

Orduantxe sartu zen Morgan kuatreroaren banda *Saloon*ean, ateari ostikoa emanda.

Egia esan, sartu zirenak aita eta bikiak izan ziren, ostikorik ez.

—Bueno, belarretara; tira, goazen!

Konturatzerako traktorearen gurdi gainean nengoen, bikien tartean, logurak, plisti-plosti.

Bikiak umore onean, siesta eginda, kabroi haiek.

—Belarra eta artua bereizten ba al dakik? Belarra zea dek, behiek-eta jaten duen gauza berde hori, eta artuakin palomitak eiten dituk. —"A"k

—Muskulatu beharrian hao, txikito; aber, badakik zer diren hauek?

Neptunoren *tridentea* erakusten zidan, eta *rastrillo* bat.

—Bueno, izenak ez dakizkit, baina zertarako diren baietz uste dut; belarra ekarri behar dugu, orduan...

—Hau eskuaria dek, eta hau sardia; beste hori sega, ezautuko dek.

—Bai, Heriok erabiltzen duena.

Uste dut nire esaldiaren sakontasunari ez ziotela igarri.

—Hori Donostian izango dek, hemen aitak ibiltzen dik jeneralian, herriko onena bera dek segan.

Uztaileko arratsalde sargori hartan hartu behar nuen belarrezko bataioa.

Iritsi ginen ekintza-lekura, Walt Whitman-ek kantatutako belar-itsaso horietako bat. Imajinatzen nituen, bai, sioux-en usainez betetako ordokiak, eta Walt (ile eta bizar zuria, patriarkala) bertsoa kantatzekotan, edertasunak liluratuta, eta halako batean nirekin egundoko antza zuen arapahoe batek besotik heldu eta:

—Hi, Walt, poesia ondo zegok, baina ganaduak ez dik metaforarik jaten, sega zak!

Ze, noski, paisaia ederra da etzateko, futbolerako edo beste horretarako, baina jaun-andreok, begira iezaiozue sega eskuan duzuela.

Morgan eta kuatreroak hizketan hasi ziren, swahiliz edo; lan-banaketaz, zirudienez.

Gauza bat ez ahaztu, irakurle maiteok, nik bikiak hizketan jartzen ditut, haiek zer edo zer esan eta nik erantzun, baina errealitatea oso bestelakoa zen, tartekatu beharko nituzke "zer?" eta "nola?" pilo bat, eta "hau eskuarearekin horrela eginez adierazi zidan" eta abar; orduantxe azaldutako zimur ederrak dauzkat begi-ondoan eta kopetan; kontzentrazio-zimurrak, hain zuzen ere.

—Aita segan, ni eskuariakin, anaia belarra kargatzen gurdian eta hi sardiakin. Errezena dek, sartu bildurrik gabe belar-piloan, patata egosian bezela eta gurdi gainera, bale?

Zuek imajinatu... bada, Aita Santua San Pedroko basilikan meza ematen, mila artzapezpiku mitradun eta alkatxofa-hostozko-kapeladunen aurrean, hostia altxatu beharrean aza erakutsiz, bai? Ba horren itxuroso nengoen ni tenedoreari helduta, gainera bakarren batek zera esango zukeen ni piura horretan ikusita, sardea bizi-bizirik zegoela, halakoxe tentsioa neukan besoetan, alde egingo ote zidan edo.

Hasi egin ginen.

Morgan segarekin; fenomeno, tipoa.

"A" eskuarearekin; fenomeno, tipoa.

Nire txanda.

Ez ba, ez nengoen barregarri gelditzeko prest, ez jauna.

Belar piloa nuen aurrean, desafioka. Goitik behera sartu nion sardea, ni San Migel eta hura Satan, alderik alde, errukirik gabe, hondoraino.

"Listo, pintxatu dut azeituna, orain traktorera".

Baina azeituna iltzatuta zegoen lurrari, sardearen ziriak sator lurretan ondo sakon.

Eta ezin atera, tira eta tira eta tira.

Txindokitik entzuten ziren baserritarren algarak.

Nekizkien maldizio guztiak esanda, indarrak eskuratu nituen nondikbait; ez nengoen barregarri gelditzeko prest, ez jauna.

Atera egin nuen, Dios!, bi metro nire buru gainetik altxatu nuen patata egosia, eta zeru urdinetik behera milaka izpi berde, azeituna erabat desegin zen.

Bandakoak tripak bota beharrean.

Enfin.

"A"k segituan bildu zidan belarra, txukun-txukun, eta ez lehengo adorez, xuabeago, ezpata sartu eta lortu nuen puskatxo bat eramatea traktorera. Colon ez zen gusturago gelditu Ameriketara iristean.

Eta ordu erdia pasatu zen, eta ni baserritartua zeharo, lanean zoriontsu eta kontentu.

Eta orduan dominístikuka hasi nintzen.

Egundoko azkura sudurrean eta eztarrian, mukiak litroka, malkoak zerizkidan.

—JESUS, A ZE ALERGIA; gutxitan halakoak.

Bego hizketan, nire koinata, Ixabelen ahizpa, medikua.

—Alergia? Zeini? Zeri? Nori?

—Belarrari, moteil, jende askori gertatzen zaio.

Sukaldean, familia oso-osorik nire inguruan, eta Morganen kopetan, neonezko argitan, "gauza inutilagorik".

—Bihar pastilla batzuk ekarriko dizkizut, egundoko aldea egingo dizute. Ez zaizu sekula gertatu?

—Ez, lehenengo aldia da.

—Bueno, gaur ez irten kanpora, etxe barruan hobeto zaude. Behin pastillak hartuz gero bizimodu normala eitia edukiko dezu.

Morgan eta kuatreroak joan egin ziren, lana, artean, bukatzeke, niri esker, eta medikua laguntzera.

Ni, amona, ama eta Ixabelekin. Hiru belaunaldi eta jilipitxi bat.

Amak basokada esne beroa ekarri zidan: hartzeko, on egingo zidala. Seguru nago berdin egingo zuela hanka puskatu izan banu.

Baserria eta ni organikoki ezkon ezinak, mekauen la belarra, mekauen aaa...

—Atxu!

—Jesus! Lasai, Juan Martin, bihar hobeto egongo zera!

Ai, Ixabel, Ixabel, Ixabel neria, ez al zenekien bada alergikoa nintzela?

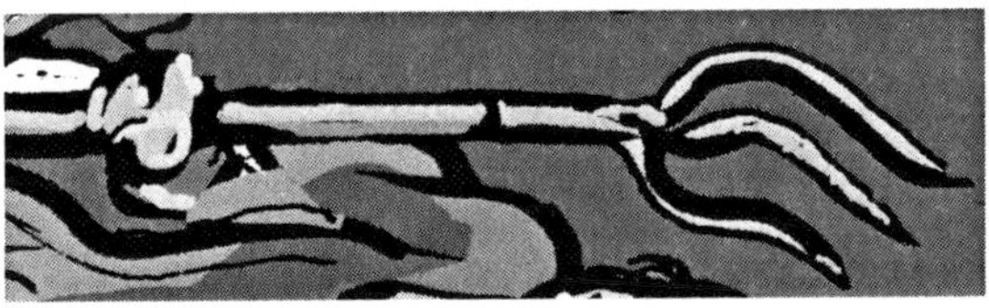

GOGORATUKO DUZUE nire lehenengo gaua baserrian, zakilo-dantza, hipopotamoak eta abar, ezta? Gau horrek, oraindik ere, sakonki grabaturik dirau nire bihotz hunkiberan.

Ahaztezina.

Bada, bigarrena, ahantzezina.

Dominististikuka, azkurak, malkoak, eta hipopotamoak eta zakilo-dantza lehenengoan bezalaxe.

Baserria.

Enfin.

Noizbait lo hartu nuen, zazpiak laurden gutxitan edo. Zazpietan, diana.

—Benga, Juanma, honezkero ohituta egon beharko huke! Baserrian goiz jeiki beharra zeok!

Eta bikiek, munstro horiek, garajera alde egin zuten.

Halako gandu antzeko zerbait begietan, non eta inguru basati hartan. Moldatu nintzen, halere, sukaldera iristeko, besoak sonanbuluen gisa luzaturik.

—Hemen alergikoa! Zer moduz?

—Ez dut batere ondo ikusten, hainbeste malko; atxu!

—Bego lehentxo jetsi da pastillatara, laster izango da, halare gaurko goizagatik preso egotia komeni zaizula esan dit.

—Buf, klasea galduko dut.

—Egun batekua, mutiko. Ikastia daukazu, begiak argitzen zaizkizunian, baina orain gosaldu, eseri.

—Bai, eskerrik asko.

—Juan Martin, mutiko.

—Eeemm…

—Lo seko, hain nekatuta zaude?

—Buf, bai, oso lo gutxi egin dut, alergia eta bikiak…

—Nola?

Jakina, ulertzekoa da jarri zidan aurpegia, anaiak "beste gaixotasun bat" bailiran aipatuta.

—Zurrunga egiten dute.

—A! Ez zabiltza suerteko, ala sakristaua!

—Ohera sartuko naiz berriz; Bego pastillekin datorrenean esnatuko nauzu, mesedez?

—Bai moteil, ondo lo egin.

Gelan ez bikirik ez armiarmarik, ze gutxi behar duen gizonak!

Lo egin nuen, lagun maiteok, ondo asko aprobetxatu nuen hipopotamoen oporraldia, eta halako batean esnatu, goxo-goxo gorputza eta... egundoko kanpin-dendarekin esnatu, *canadiense familiar* horietakoa bai, gutxienez. Baserriko giroak urbanikola gizondu.

Eta aldamenean, pastillak.

Egin dezagun atzera denboran X minutuz. Bego kaletik etorri da, pastillekin; Ixabelek hartu, eta gelara igo da ni esnatzera esan bezala; atea jo du, eta nik, lo seko, entzun ez; sartu egin da, sehaskako umea bezalaxe nagoela ikusi, eta esnatu nahi ez, pastillak aldamenean utzi ditu.

Eta *canadiensea* ikusiko zuen, bai gizona, ez da Stevie Wonder eta!

Lotsatik... bai, bazuen zer edo zer sentitzen nuenak, eta beste sentimendu askotatik: morboa, plazera, desioa...

Desioa.

Enfin.

Jaiki egin nintzen, oraindik ere malkotan begiak. Eguzki ederra leihoaz bestalde, etxe atzeko zelaitxoan. Kopeta kristalaren kontra jarri nuen, aho-zabalka eta neure *bikiak* azkuratzen.

Eta han zegoen, etxe-atzeko zelaitxoan.

Ikusi al duzue *Esplendor en la hierba?*

Ixabel belar gainean etzanda, BIKINIAN!

Ireki nuen leihoa, alergiaren lausoa ote zen.

—Juan Martiiin! Jeitsi zaitez, mutiko, ikaragarri gustora egoten da! Hartu dituzu pastillak? Jantzi bañadoria eta etorri!

Ai, amatxo, atzera egin nuen tentazioaren aurreko izuak jotakoaren gisa, esku baldarrez maleta ireki, hau erantzi, hori erantzi, galtzontziloak erantzi...

Jesus.

Bainu-jantzia jantzi eta berdin: zulatzekotan. Toaila aurretik ipini eta bueno, zerbait disimulatzen zen, Fraga eta Arias Navarro pentsamenduan, bromuro eraginkorra.

Goazen ba.

Atzeko zelaitxora joateko ukuilutik pasatu behar, toaila aurretik nuela, nabarmenkerien estalgarri, eta ahal nuen modu "naturalenean" heltzen niola.

Toaila gorri bizi-bizia.

Eta bi mila kiloko zezenaren aurretik pasatu behar, moskeatuta nirekin, gainera, goiko zulotik behera txiza egin nionetik lehenengo gau gogoangarri hartan.

"Bueno, printzesa nire zain dago, izango ahal naiz herensugea menderatzeko gai".

Ukuiluan dagoeneko. Atea erdizka irekita; han zen bai, berdetan lore eder.

Zezena ezkerraldean begira-begira, korrika eraso nion aldameneka.

Ezetz asmatu zerekin jo nuen ate--kantoian.

—Aaauuu!

Ixabel lasterka niregana, garrasiarekin batere harritu ez suhiltzaileak azaldu balira.

—Zer gertatu zaizu? Min hartu?

—Korrika nentorren eta atearekin jo naiz, jo dut.

—Korrika? Eta nun dezu mina? Egon, *Tantum* ekarriko det!

Bi segundo behar izan zituen, gutxiegi koartada osatzeko.

—Zergatik korrika-saioa?

—Zezenagatik, beldurra ematen dit.

—Zezena? Iskua da, moteil, on puska, eta lotuta dago!

—Baina toaila gorriarekin...

—Ooleee, moteil, ooleee! Ja, ja! Tore-roarenak eginez! Ja, ja, ja!

Ni toaila baino dezente gorriago. Esan dezadan kolpearekin bajatu zitzaidala *zera*, gaitzerdi.

—Ai, Juanmar, ze salaua zeran; a ver, nun dezu kolpia?

—Eee... ba... hemen, belaunean.

—Honetan? Ez da ba ezer igartzen... *Tantum* nahi?

—Ez, ez da *para tantum* izan.

—Nola? A, ja, ja! Jo, mutil, hori umoria daukazuna! Bueno, goazen eguzkitara!

Ixabel izerbera zen, orduan ere ttantta distiratsuz betea zegoen. Usain gozo epela, atzetik nindukala, gizajo tente-la.

Zabaldu nuen gorria berdearen gainean, eseri nintzen. Ixabel nire ondotxoan etzanda, ahuspez.

—Zer, torero, zer moduz alergia? Pastillak hartu?

—Bai, hartu ditut, ondo nago; nola ez nauzu esnatu?

—Hain gustora ikusi zaitut. Behatza ahuan sartzia, hori bakarrik falta sihaskako umia izateko.

Begiak itxita Ixabel. Goitik behera ari nintzaion begira denbora guztian, esplorazio urduria sentimenduz, baina geldi-geldia abiadaz. Haren bizkar pekotsutik urrezko tximak barreiaturik, haragi eta hezur ezin politago haiek, aldakak eta bikini gorriaren barneko bekatu-eremua, muino apal sendoak. Ikusi egiten nuen neure burua bizkarra, ipurdia, izterrak musukatuz...

Enfin.

—Juanmar, ikusten *Nivea* hori? Emaidazu mesedez, erre egingo naiz bestela. Kontuz zu ere.

Kortozirkuitu orokorra, ezin sinetsi entzun nuena entzun nuenik.

Gereziondoaren ondoan geunden, ale gorriak dilindan, brisara apala.

—Ulertu al diazu?

—Bai, Ixabel, gereziei begira geratu naiz.

—Oraintxe jango ditugu batzuk, goxo askoak daude!

—El árbol del bien y del mal, la fruta prohibida, la tentación, el pecado, la expulsión del paraíso...

—Nola?

—Filosofatzen ari naiz.

—Ge'ziei begira filosofatzen? Zer dezu buruan?

—Ezer ez barruan, hortik datoz arazoak.

—Bueno, emango al diazu orduan krema bizkarrian, mesedez?

—Bai, oraintxe.

Sartu nituen hatzak *Nivea*tan, eskerrak artean *Azken Tangoa Parisen* ikusi gabea nintzen. Ezkerreko sorbalda... lepoa... eskuineko sorbalda... oso-oso poliki, ez nuen segituan bukatu nahi. Ixabel begiak itxita, irribarrez.

Krema modu askotan eman daiteke, ez nuen nabarmen gelditu nahi, horregatik behar zen denbora baino hiru bat aldiz gehiago besterik ez nuen pasatzen igurtzi eta igurtzi. Egia esan, bera ere gustura zegoela pentsatu nuen, hala pentsatu nahi nuen, komeni zitzaidan hori pentsatzea.

Horrela jardun nuen, pixkanaka, poliki eta soseguz bezain nerbioso, urduri eta desasosegaturik.

Zer gertatuko litzateke azala bukatutakoan, aitzakiarik ezean?

Zer zen, erasoaren ordua ala zuhurtziarena?

Gerrialdean ari nintzen ordurako.

Iritsi nintzen bikiniak markatutako muga gaindiezinera, eta aingeru guardakoaren esanetara, bukatutzat eman nuen lana.

Altxatu eta bi gerezi *biki* hartu nituen, putz eginez garbitu eta bat eskaini nion neskatxari, ahora eskaini. Irribarrez hartu zidan, ezpainak nire hatzetan segundo batez.

Alergia, ale gorria, alegrantziazko arratsa, aleluia!

—BUENO, ORAIN NEUK emango dizut, ezta? Txuri-txuri zaude.

Ahuspez etzan nintzen Santa Gertrudisi eskerrik-asko-ka, gorputzean plazerezko erleak burrunbaka.

Eta hasi egin zen, esku beroa nire sorbaldetan, bizkarrean, gerrian, hanketan... eta ni, petrolio bila.

Bueno, ulertu ez duenak galde diezaiola ulertu duenari.

—Listo, aurretik zerorrek emango dezu, ezta?

—Eee... bai, gero, gora begira jartzerakoan.

Ahuspez ezin okerrago, eta ezin bueltarik eman.

Enfin.

—Ixabel, orain oporretan zaude, nola pasatzen duzu uda?

—Bueno, eguzkitan, ahal izanez gero, asko gustatzen zait. Baserrian lan dexente izaten da, Tolosara enkargutara, inguruko festetara eta errekara eta batzutan plaira ere juten gera.

—Erreka? Eta ze plaia?

—Erreka polit askoa dago hemendik hogei minutura, bainatzeko oso toki ederra. Koadrilan edo Bego eta biok juten gera; eta plaira jeneralian, Bidartera.

—Bidarte? Ez dut ezagutzen, non dago?

—Hendaiatik hamar minutura, oso plaia ederra da, nudista.

—Nudista?

—Bai, moteil, jendea larrugorritan.

—Eta zuek?

—Gu ere bai, klaro.

—Bego eta zu?

—Gehienetan bai, batzutan jende gehiago.

Beraz NIK EZ, beste gainerako guztiek ikusten zuten Ixabel LARRUGORRITAN.

Usteak erdia ustel eta beste erdia, kaguen sos!, oker. Hiritik enbaxada kulturala etorri, neu, alegia, baserritarrei mendetako ezjakintasun eta ilunpetik irteten laguntzeko, modernitatearen argiak ukuiluetan sartzeko eta Lady Godiva azaltzen ez zait bada!

—Eta gurasoek badakite? Eta bikiek? Eta amonak?

—Larrugorri ibiltzen gerala ez, ez litzaieke gustatuko.

—Eta zergatik esan didazu niri?

—Jesus, hain normal atera zait. Zer ba, ez zaizu ondo iruitzen?

—Ez naiz sekula joan halako toki batera, ez dakit... ez dakit zer sentituko nukeen... ez al da joaten inor begiratzera? Ez duzu inor ikusi zure... zuri begira oso nabarmen? Modu txarrean?

—Modu txarrian ez. Beitu, denok beitzen diogu elkarri, eta, zer ustezu ba?, neri ere gustatzen zait mutilak ikustia, eta biluzik pozik eta gustora egoten naiz.

Ixabel argi-urte mordo batera zegoen nire baserritarrekiko ideia tradizionaletik.

—Ixabel... nire ustez sufritu egingo nuke halako plaia batean.

—Sufritu? Baina zergatik?

—Neskak larrugorritan... hainbeste edertasun... eta gero etxera, eta han ezer ez, ulertzen?

Tristura-zipriztinak bere aurpegi maitagarrian, nire ahotsean nabaritu zituen horiexek.

—Ai, Juanmar, bai, ulertzen dizut. Nik berriz... pentsatzen det... jo, ba egun batian mutil guapo bat nirekin gustatuko dela, eta ni harekin, eta oso ondo ibiliko gerala... Behin baino gehiagotan amets egin det norbaitekin pasiatzen detala, musuka eta mimoka... Hain gauza ederra izango da enamoratzia!

Elkarri begira geratu ginen, lotsaz, lotsa goxoaz. Eskua eskaini zidan, eskalearen moduan.

Ahuspez etzanda nengoela, bere eskua nire aurpegiaren kontra jarri nuen, berak eserita segitzen zuen, eta beste eskuarekin ilea laztantzen zidan.

Maitasuna linboa da.

Bai, mundua desagertu egiten da, bihotzak bakarrik dirau bere horretan.

Linboa, argitsu eta epela, umez betea dago, erru eta herrarik gabeko arimak; "Zu, hain handia, hemen, nola?", "Maiteminduta nago", "A, amodioa!".

Epeltasun horretan, halako batean, aingeru bat agertzen da, eta eskutik helduta paradisura eramaten zaitu.

Ixabelek zidan eskutik heldu.

LINBOTIK AMAK aterarazi gintuen: "Bazkaltzera!"; eta ni, lagun maiteok, ez naiz gogoratzen babarrunak, arabar ardoaz maneiatutako idi erregosia edo hostiak binagretan bazkaldu genituen, munduarekiko erdia itsu, herena gor, eta laurdena mutu bainintzen. Bakarrik Ixabel ikusten nuen, Ama Birjina Fatiman bezalako aureolaz.

Bazkaria, zena zela, bukatu, eta Morganek zerbait esan zidan; Ixabelek segituan itzuli zidan euskarara.

—Hemendik ordu erdi batera edo, zure bila etorriko dela, belarretara joateko.

Eta bai, jaun-andreok, handik ordu erdi batera edo, nire bila azaldu zen, eta belarretara joan ginen.

Oinez, Morgan eta biok. Normalean swahiliz hitz egiten zidan eta batzuetan

—gutxitan—, euskaraz. Hura segan eta ni eskuarearekin. Segaldi bakoitzean hondamendia hango bizidun txikientzat. Inurritegiak dozenaka azaltzen ziren, zomorro errukarriak aztoraturik; larre-saguak korrika bizian nire ondotxotik, ziraunak, armiarma erraldoiak, zizareak, satorrak, bareak, matxinsaltoak, erletzarrak, ezparak, euli-mandoak, ehunzangoak, kakalardoak, barraskiloak, mantalgorriak, kilkerrak, txirritak; eta ibiliko ziren, ikusi ez banituen ere, ziklopeak, lamiak, basiliskoak, herensugeak, banpiroak, otso-gizonak, anakondak eta krokodiloak.

Izaki horietako bat agertu orduko trabatzen zitzaidan eskuarea, "ui!", "oi!" edo "bej!" esaten nuen, salto txiki edo handi bat, Morganek aurpegi asasinoaz begiratu eta segi aurrera.

Pixkanaka, ohitu egin nintzen munstro-ugaritasun hartara eta naturalago jardun nuen lanean. Halako batean, izerdi patsetan nengoela, Morganek "andawa, txita, andawa" esan eta deskantsatzera eseri ginen.

Zahatoa, ogia eta txorizoa. Lagun maiteok, nik ez nekien, eta ez dakit, zahatotik edaten. Gauza izan behar da irensteko likidoari sarrera galarazi gabe, ahoa ixteke... Gauza izan behar, eta ez nintzen; orduan zera egiten nuen, ahoa bete-betea nuela zahatoa jaitsi eta *gloup!*, eta seigarren *gloup*arekin ezin gusturago, aizue.

Morgan, pirata guztiak bezalaxe, gerra asko egina zen, eta publiko berria zuen batailatxoak kontatzeko. Ni, zelebrin-zelebrin, zuhaitz enborraren kontra, entzule interesatua.

Esan bezala ia beti swahiliz hitz egiten zidan, euskarazko hitzak eta batzuetan (oso noizean behin) esaldiak ere sartuz. Gerrarekin hasi eta emozionatu egin zen segituan gizona, eta swahili itxi-itxi-itxi batean ekin zion, baina ni lasai, ezin gusturago nengoen-eta *gloup*ei esker.

Zeukan adinarekin ez Kubakoan, ezta Anglo-boerrean ere ezin ibilia izan; 36-39koa geratzen zen, eta, egiten zituen imintzio eta keinadizoekin, alde batean bera bakarrik borrokatu zela pentsatu behar. Han ari zen gizona gorputz osoarekin lagunduz narrazioari, danba eta punba eta ta-ta-ta, hegazkin, tanke eta kanoi itxurak moldatuz, eta ni ezin gusturago, aizue; piperrik ez nion ulertzen, hori bai. Bueno, ez, ez da egia, hitz bat behin eta berriz errepikatzen zuen "kapitana", eta nik, gizajo honek, genero-markarik gabeko hizkuntza xelebre horren kulpaz, ez nekien Agustin Zubiondo Zumalakarregi edo Agustina Zubiondo Zumalakarregiri buruz ari zen (Aragoiko Agustinaren bir-bir-bir-biloba). Jakina, hitzaldiaren gainerakoak lagunduko zuen bereizketa horretan, baina swahilia zen.

Bitartean beste *gloup* batzuk jo nituen, eta sekula baino hobeto sentitzen nintzen, sasoi bete-betean eta umore onean.

Iritsi zen armistizioa. Belarra kargatu, prentsa-prentsa eginda, eta etxera. Bidean kantari ni, Morgan eskandalizatuta. "Lepoan hartu ta segi aurrera", "Son tus perjúmenes, mujer", "Itziarren semea", "El turista 1.999.999", "Eusko gudariak", "Asturias, patria querida", "Zer eskatzen du herriak" eta "La, la, la"; nire errepertoriorik onena.

Morgan, nik uste, ez zuen nire melokotoiak eskandalizatzen, borroka-kantak eta "fribolitateak" horrela nahasteak baizik. Apustu egingo nuke ez ninduela euskal iraultzarako guztiz egokitzat jotzen.

Enfin.

Iritsi ginen baserrira, "Gora Euskadi Askatuta"ka ni.

Eta han Morganek egundoko tramankulu xelebrea jarri zidan eskura, *tridente* antzeko zerbait, baina ziriak barrualdera guztiz makurtuta; izorratuta zegoela eta beste bat emateko esan behar nion, baina orduan kendu eta goitik beheraka sartu zuen belarretan, tiratu eta belar mordoa lurrera. Orduan konturatu nintzen. *Belar-deskargagailu* bat zen; behin zorura ezkero, sardearekin aldameneko biltegira. Hori dena nire gain utzi zuen Morgan jaunak, azalpen batzuk eman eta nire *nola?*rekin batera bakar-bakarrik utzi ninduen. Belar-deskargagailuari *lauortzekoa* edo deitu zion.

Ikaragarri gustura segitzen nuen, gogotsu ekin nion lanari, deskargagailuari heldu eta aizkora enborrean bezalaxe sartu nuen belarretan, sakon-sakon, tiratu eta izpi bat ere ez zen mugitu; tiratu berriz eta batere ez;

berriz, ezer ez; berriz bizepsak, trizepsak eta kuadrizepsak erabiliz; ia zintzilik batzuetan, aurretik nuela, atzetik nuela, bertara igota; porlanezko belarra, jaun-andreok.

Halako batean aski zela erabaki nuen, eta filisteoen tenpluan Sansonek egin zuen ahaleginaren parekoa egin nuen, neure burua maldizioka animatuz, eta, BAI!, han zeuden 18.372.528.283.445 belar-izpietatik, gutxienez % 0'0027a erauzi nuen; kontrolatu ezinik atzera joan, biltegiko sarreratik barrena sartu, hango belar gainean erori (bi metroko saltoa) eta sehaskako umea bezalaxe geratu nintzen, amets goxotan.

Azkuraz eta buruko minez egin zidan munduak ongi-etorria esnatzean. Burukoa badakizue zergatik, eta azkura belarri, sudur-zulo, aho, begi eta abarretan ditxosozko belarra neukalako, eta segituan deskubritu nuenez, izu-ikaraz deskubritu ere, neu nintzen sandwicheko hanburgesa, bi metro letxuga gainetik eta beste horrenbeste azpitik.

Hostia.

Morgan eta biok ekarritako belarraren % 99'9973a nire gainean zegoen, bakarren batek ondotxo bete zidan sehaska!

Unibertso martziano horretan (berdeagatik martziano) ezin ezertan bermatu, belarrak amore ematen zien nire ahalegin guztiei eta bere baitan gordetzen ninduen, maitekiro eta "ez duk alde egingo"ka.

Zerbait egin behar, eta zerbait egin nuen.

—Sokorro, sokorro, belar artean nago, sokorro!

"Sokorro" bakoitzean koilarakada belar barrura. Mugitu egin nintzen luzatuz pareta ukitu nahian, eta, txaaaan!, eskua atera nuen!

Eszena imajina ezazue, "BASERRIKO ZONBIA" inguru ezin bukolikoago batean zonbi berde bat sortzen da belarretatik, eta infernuko gaitz guztiak dakarzkio Euskal Aberriari.

Enfin.

Halako batean, egundoko garrasia, bakarren bat hurbilean.

—Eeee! Hemen nago, belar artean, barrura erori naiz, eee!

Eskuarekin adioka.

—Juanma? Zu al zera?

—Ixabel! Ixabel! Ezin naiz atera!

—...

—IXABEL!

Jende-hotsa, pausoak gero eta gertuago, eta, halako batean, atzapar batek heldu eta amuko legatza bezalaxe atera ninduen.

"A" zen, "B" ondoan, jakina, eta Ixabel, eta Morgan, eta ama, eta Bego, eta amona.

Denak niri begira, eta ni, berde.

Denak batera hasi zitzaizkidan hizketan, ezin ezer ulertu, hitz-zaparrada hartan.

—Eee... erori nuen eta lo hartu nintzen eta ezin zitzaidan atera eta... —Urduri.

Ixabel bozeramaile.

—Orain dela ordu pare bat aita zuregatik gaizki esaka etorri zitzaigun, bera komunera jun eta belarra deskargatzen hasteko esan zizula. Bueltan ez zinela inundik agertzen eta berak deskargatu zula dana, haserre. Gero denbora pasa eta nola esan zigun pipa-pipa eginda zeundela preokupatzen hasi ginen, zeozer gertatu ote zitzaizun eta bazterrak miatzen hasi gera, je, je! Eta begira nun zinen!, je, je! A ze sustoa eskua ikusi detenian!, ja, ja, ja!

Baserritar guztiak barrez, baita amona ere, eta sentsazioa eduki nuen zezena, behiak, oiloak, konejuak eta aharia ere barrez ari zirela nire kontura.

Enfin.

Neu ere barrez, ze erremedio; "A"k bizkarreko latza eman zidan, soinetik izpi mordoa astinduz; "B"k beste bat, gero aitak, irribarretsu, eta zerbait esan zidan swahiliz. Amak esandakotik "esnia" ulertu nuen, seguru asko basokada esne beroa hartzeko. Begok pastillekin ez ahazteko, bestela nire *belarritis*a areagotu egingo zela, eta gero AMONAK! hitz egin zidan, eta ULERTU! egin nion.

—Gazte, nere Tobias zanak ezkontzeko esan zianetik enun holako parre saiorik eiten.

HELDU ZEN, NOIZBAIT, hirugarren gaua. Gogora ditzagun eguneko gertaerak, siesta goizean (*canadiensea,* e.a.), siesta arratsaldean (zonbia e.a.), beraz, batere logurarik ez. Hobe igual, han ez zegoen-eta kristaurik lo egingo zuenik, hipopotamoak sasoi betean kantari.

Halere, gustura asko segitzen nuen, egunak emandakoak gogoan.

Ixabelekikoak, jakina.

Nire suspirioak bi aldetatik zetozen trumoi artean hain txiki, hain umil, hain ñimiño.

Sei eta erdiak aldera lo hartuta, handik hamar minutura jaikiarazia, zer edo zer gosalduko nuen eta konturatzerako Alkizarako bidean nintzen.

Hirugarren eskola-eguna, bigarrenean txikarra eginda.

—Egun on, Juan Martin; zer, atzo lan asko baserrian? —Koro irakaslea, irribarrez eta kaxondeo dezentez.

—Ez, belarrari alergia diot, eta etxean geratu behar nuen.

—Behar izan, behar izan.

—A, bai, geratu behar izan nuen.

—Belarrari alergia! Ba toki ederrean zaude, mutiko!

—Lehenengo aldia da, pastillak hartu eta ondo nago.

—Bueno, barrura, koadrila!

Eta Joxe Mari harakina, Pablo apaiza, Luis-Koldo medikua, Izaskun tabernaria, Miren psikologoa eta seiok otzan-otzan sartu ginen Kororen atzetik.

Ahaleginak egin banituen ere Mirenen ondoan esertzeko, apaizarekin tokatu zitzaidan; binaka esertzen ginen, eskola-umeak bezala.

Segituan jabetu nintzen egoeraz.

Joxe Mari harakinari Izaskun tabernaria gustatzen zitzaion; Izaskun tabernariari, Luis-Koldo medikua; Luis-Koldo medikuari, Miren psikologoa; Miren psikologoari, Pablo apaiza; Pablo apaizari, Izaskun, Koro eta Miren. Niri batez ere Koro gustatzen zitzaidan, Miren ere bai, eta ez nintzen inoren gustuko.

Enfin.

"Mintza" egin behar, eta jakina, hizketan ikusten zaizkio pertsonari hizkuntza eta bizitzarekikoak, alegia, nolakoa den eta nola bideratzen dituen iritziak kanpoaldera. Has gaitezen Joxe Mari harakinarekin; lanbidea esan zuenetik nik belarri gainean matxetea ikusten nion, sagardotegirako txuletoiak mozteko erabiltzen diren ikaragarri horietako bat; mantala ere, txerri-oilo-txahal-arkume-odolaz blai, eta nolaz ez zuen eskolan abererik zatikatzerik, deklinabidea eta aditzak txirtxiltzen zituen. Jakin bai, bazekien zer diren *zitzaizkidan, baletoz, ninduten, niezazkion* eta noiz *-i* eta noiz *-ari,* baina aurrenekoan ez zuen sekula asmatzen. Autozuzenketa, poesiaz lagundurik.

—...lagunek ikusi zidaten eta... EZ! NINDUTEN! MEKAUEN LAS PUTAS DE JERICÓ! Lagunek ikusi ninduten eta... EZ, KOÑO! LA-

GUNAK IKUSI NINDUEN! MEKAUEN EL HUEVO DEL QUE SALIÓ EL ESPÍRITU SANTO!

Majoa zen.

Luis-Koldo medikua errobota zen hizketan, alegia, hizkuntzaren erro jatorrak alde batera botatakoa. Gramatika akatsik sekula ez, baina ez zuen "euskaraz" hitz egiten. Luzea, repipia, pedantea, dotorea eta *tontolkulo*a zen.

—Noski, noski, ezin genezake uka, Koro, dioskuzunak baduela arrazoirik...

Miren psikologoa, herabea eta euskaldun-fededuna. Erraz lotsagorritzen zen, ez omen zegoen harentzat negar-malkorik gabeko elizkizunik, eta, jakina, Pablo apaiza gustatzen zitzaion.

—Aiii, igande goizetan, elizako kanpai-hotsa entzuten dudanean, eskerrak ematen dizkiot Jaungoikoari hemen jaio nintzelako.

Hala eta guztiz ere, Miren oso majoa zen.

Pablo, apaiza-apaiza zen.

Koro irakasleak —salada, sinpatikoa, adar-jotzailea eta parrandazaleak—, gehien bat Pablo tentatzeko erabiltzen zuen mingain piperduna, baina inor ez zegoen erabat salbu.

—Pablo!, laster, Intxaurburuko festak, horko neskekin dantza egindako apaizek sotana harrika botatzen dute!

—Nireak soinean segituko du. —Miren liluraturik begira zuela.

*Mintza*ren gaia: Ezkondu aurreko sexu-harremanak.

Pablok sutsu ekin zion ikaskideak infernuko garretatik salbatzeko ahaleginari, bekatuaren nondik norakoak adieraziz. Ulertu nuenarengatik, bekatua giza irudimenaren abiapuntua baino askoz lehenagotik zetorren eta amaiera baino askooooz harantzago zuen muga: beraz, egin ditzakegunak, bekatuak, eta burutik, irudimen faltaz, pasatu ere egiten ez zaizkigunak, bekatu lirateke.

Pulpitutiko erasoari Joxe Marik bakarrik egin zion aurre, gainerakoak bekatuzko ozeanoetan naufrago. Harakinaren estiloa apaizarena bezain sutsua zen. Pablok gurutzea aurrez aurre duen banpiroaren babes-ihes-keinadizoak egiten zituen; zartada latza hartu zuen "Mekauen las tetas de Santa Águeda"rekin, zabuka "Mekauen los cuernos de San José"rekin eta K.O. "Mekauen el támpax de Santa Clotilde"rekin.

Eliza katakunbetan gorde zen.

Mirenek penaz begiratzen zion Pablori, santuaren martirioa ezin burutu, eta Joxe Mariri ere bai, bekatariaren esanak belarri minduetan.

Goizaren bigarren erdia *Itsasoak ez du esperantzarik* irakurtzen eman genuen. Giroa sosegatuago, itsasoa bezalaxe gu, zeruaz.

Eta etxera.

Triste gure Miren.

—Zer, Miren? Triste?

—Bai, Juan Martin; Joxe Marik esaten dituen hitz itsusi horiek... eta egia esan Pablo oso... oso... "estricto" iruditzen zait.

—Bai, ados nago.

Orduantxe eraso zigun Ziklopeak.

Mirenen baserritik laurehun metrora beste bat zegoen, zahar-zaharra, pitzaduraz josia, armiarma-sareen, huntzaren eta belar ziztrinen mende.

—Blpujhbrones! Xghknputas! Alde!

Izaki munstro bat harrika ari zitzaigun, eta "kakaka", maldizioka; gorotz pusketako batek bete-betean eman zidan aurpegian. Mirenek eta biok Speedy Gonzálezenak egin genituen, eta berrehun metro harantzago arnasestuka gelditu.

—Hostia! Eee... barkatu, Miren, baina nor da anormal hori?

Oraindik ere jaurti eta jaurti ari zen. Aurpegia garbitu nuen, nola hala.

—Esan zidaten etxekoek, bai, mutil-zahar xelebre-xelebre bat bizi zela hor, bakar-bakarrik. Behin gure baserriko behi bat hil zuen eta askotan arazoak dituzte mugekin. Jendea ez zaio gustatzen: ez ezagunak, ez ezezagunak ere.

—Konturatu zara? Begi bakarra du.

—Bai, hori ere esan zidaten, bestea borroka batean galdu zuela.

—Eta zuk egunero bi aldiz pasatu behar duzu aurretik.

—Bai, gaur arte ez dut ikusi.

—Ze tipo itsusia! Partxe horrekin, etxe siniestro horretan!

—Inguruko herrietan denek ezagutzen omen dute, festetan azaltzen da, beti borroka bila.

—Ba datorren aste-bukaeran Intxaurburuko festak, gogoratzen zara? Korok esan du.

—Bai, eta apaizek sotana harrika botatzen dutela.

—Pablo ez da joango, edo bai?

—Klasekoak joango gara?

—Baaa... ez dakit, ni gustura joango nintzateke.

—Dantzara?

—Bai, eta euskaldun berriak, bueno, euskaldun zahar berriak ezagutzera.

—Zuk oso ondo hitz egiten duzu, Juan Martin.

—Zuk ere bai, Miren; batuan bai, baina baserritarrekin ezer ez dakidala iruditzen zait.

—Ya, eta niri, zaila da, baina gaur hirugarren eguna da. Bueno, bazkaldu beharko dugu! Bihar arte!

—Bihar arte, kontuz ziklopearekin.

—E?

—Begi bakar hori.

—A! Kontuz-kontuz pasatuko naiz.

Eta etxera, goseak nengoen.

Patatak txorizoarekin, mundialak, egundoko platerkada ederra zerbitzatu zidan Ixabelek.

—Familia?

—Baserrian ordu batian bazkaltzen da, mutiko, eta zu ordu bi t'erditan azaltzen zera. Zer moduz klasian?

Hau eta hura kontatu nion, eta "Mekauen el támpax de Santa Clotilde"rekin batera amona sartu zen.

—Txa-ñi-go go-ñi-txa txa-pu-tin.

—Zer esan du?

—Hemen kaka-usaia daola, eta eztala etxeko behiena.

EZ ZEKIEN ONDO Ziklopeak zer egin zuen kakaztu ninduenean, neuk ere ezin jakin aurreneko euri-tanta zela, KAKA-EGUNAren etxafuegoa.

Mendizaleak zortzi miletara igotzen dira eta jendeak txalotu egiten ditu, eta txaloak areagotzen dira "oxigenorik gabe" baldin bada, bai? Ba ni batere oxigenorik gabe aritu nintzen *mendikakate* batean, eta ez da inprenta hutsa, ez.

Anastasio Erkiagak, aitaita greziazaleak kontatuta, banuen Herkules heroiak egin behar izan zituen hamabi lanen berri, eta ondo asko nekien bat Aujias erregearen ukuiluak garbitzea izan zela.

Ukuilu horietan zikinkeriak, urte mordoan bazter guztien jaun eta jabe, heroi baten jarduna aldarrikatzen zuen, eta Herkulesek iritsi eta mendikakateak zituen ikusi.

Patatak eta txorizoak emandako epeltasun loarazleaz ttontto-ttontto begiratzen nion Ixabeli, mahaia tartean eserita biok, elkarri irribarrez.

Eta Morgan errukigabea ekarri zuen iparraldeko haizeak. Patatak, txorizoa eta hirurok atzetik ginduzkala, "garri" eta "urra" ulertzen nizkion bere swahilian.

Beharbada *Garri* Cooper-en film batez ari zen.

Beharbada hurrak biltzera gindoazen.

Gero frogatu ahal izan nuenez, hitzak "ongarri" eta "simaurra" ziren. Morganek ukuiluko labirintoetan barrena gidatu ninduen, eta, halako batean, mendikakateak nituen ikusi.

Amatxo maitea.

Munduan izan diren behi guztiek egindako kaka guztiak hantxe; munstro marroi geldia, soroak haren irrikaz omen.

Gurdia kargatu behar; pala pasatu zidan Morganek.

Enfin.

Ekin nion, sartu nion pala saihetsetik munstroari. Ordura arte ohiko usaina, etxeko zoko guztietara hedatzen zena, zertxobait fuerteagoa, baina pala sartutakoan... lurrunak, munstroaren hats kirasduna, airera, eta egundoko goragalea heroiak.

On Garri Cooper-en Oesteko filmak gogoratuz zapiaz estali nituen aho-sudurrak. Morganen algarak Txindoki puntako artzainak entzuten zituen.

Palakadaz palakada, munstroak itxura berriak hartzen, konturatzerako belaunetaraino sartuta. Lurrunetan espektro letagindunak, deabru sega azazkaldunak, arima herratuak paradisu bila, eta Herkules lanean gogor, baina gurdikoa txepetx kaka zen eta bestearen gainetik Dumbo tonako plastekin bonbardatuz. Munstroak gerriraino irensten ninduen, eta halako batean Morganek "bale" esan eta irristatu egin nintzen pozaren pozaz.

Baserriko zonbia berdetasuna galdurik.

Morgan gauza izan zenean (dezente kostatu zitzaion barre zoroa menderatzea), mangera niregana zuzentzeko esan nion, aurregarbiketa egingo genuela ("prelavado" etxeko *Zanussi*an bezala), eta han jardun zuen margarita ureztatzen. Gero korrika bizian eraso nion eskaileretan gora, erantzi eta dutxatzeko irrikaz, baina, ai!, amonarekin gurutzatu nintzen; uste dut azkenean deskubritu zuela norena zen etxeko behiena ez zen kaka usaina.

Jertsea erantzi… beug, aagg…

Kamiseta, prakak, galtzontziloak… boaaj…

Dutxara. Kostatu zitzaion apar zuriari ore marroiaren kontrako guduan nagusi irtetea. Hiru aldiz xaboitu, sikatu eta *Body cream, Eau de Cologne, After Shave,* desodorantea eta hidratantea eman eta gero, sukaldera. Sukaldean barrez ari ziren. Garboso asko sartu nintzen arropa zikina nekarrela, galtzontziloak aitzindari.

Ixabel eta Morgan, gorri-gorri eginda deskojonoaren deskojonoaz.

—Ai, gixajoa, kakatara erori ez zera ba! —Ixabel.

—Flamunstxip txinplusflan! —Morgan, eta seeegi biak barrez.

Enfin.

Morganek luze xamar jardun eta itzultzaileak zera adierazi zidan, simaurra botatzeko zegoela.

—Kaka artera atzera, mutiko; animo!

Herkules, fitxatzera berriz.

TRAKTOREA KAKAZ GAINEZKA, Morgan eta biok soroetarantz, a ze gauza poetikoa.

Iritsi eta Morganek ia *konduzitzen* ba al nekien. Ezetz. Ez zen harritu batere, erabat inutiltzat nindukan eta. Igarri nionez, traktorea neuk gidatzea nahi zuen, eta berak egingo zuen gurdi gainetik kaka banaketa. Azaldu egin zidan, pedal hau, beste hori, palanka hau... autotxoketan bezala, erraza ematen zuen.

Prozesua hauxe zen: Leku batean gelditu *(punto muerto* sartu behar nuen), Morganek kaka bota, hamar metro egin *(primera)*, gelditu *(punto muerto)*, kaka bota... gero eta zirkulu txikiagoetan.

Dena fenomeno, aizue, ez alergiarik, ez barregarri utziko ninduen gauzarik; baserri aldeko bizimodu basatia hiritarraren jakinduri zabalagoaren mende. Kaka botatzeko balio nuela erakutsi nion munduari.

Bi mokordotxo besterik ez gurdian eta Morgan zeharo aztoratu zen, erlojuari begiratuta. Bota zidan hitzaldian "tutian" eta "seietan" ulertu nituen; seiak eta hogei ziren, eta seietan, tute partida zeukan. Saltatu eta korrika bizian ekin zion, berrogei metro esprintean, nirekin gogoratu, "traktoria bertan utzi" esan eta adio.

Enfin.

Han geratu ginen kaka eta biok bueltaka.

Plana: Azken bi mokordotxoak bota eta etxera, nire maitearekin meriendatzera.

Suspirioak irten zidan bihotz barren-barrenetik.

Bueno, *punto muerto* jarri eta...

Koño, horrenbeste aldiz hain ederki sartu eta...

Jesus! Lehen ez zegoen bada horren gogorra!

Iiiiieuuuuññggggiiii... Mierda!

Esandako maldizioak, egindako ahaleginak, dena alferrik; kaka-palanka hura ez zen mugitzen eta kaka artean segitzen nuen.

Zer egin?

Ia bada, ezin dut gelditu, orduan… hemen bueltaka utzi eta korrika baserrira… eta bitartean malkarretik behera erortzen bada? Morganek moztu egingo lizkidake.

Baserria hirurehun metrora zegoen, ikusterik ez, handik nire garrasi desesperatuak entzuterik ere ez.

Koño! Baserrira traktorea eta guzti, eta han Ixabelek geldituko du!

Baina indar kontua baldin bada, Ixabel ere ez da gauza izango.

Bueno, egia esan, Ixabel ni baino indartsuagoa da.

Amona ere egongo da, eta amona ere ni baino indartsuagoa da.

Eta haiek ere ez badira gauza?

Ixabel, amona eta hirurok baserriaren inguruan bueltaka.

Txu-txu traktorea.

Bueno, zerbait egin behar dut.

Baserri aldera bideratzekotan nengoela, zera begietaratu zidan nire kultura zinematografikoak: nola jotzen zuen zubiko zutabe nagusiaren kontra traktore koskor batek, nola erortzen zen ibaira pasatzen ari zen ehunka lagunez betetako Donostia-Altsasu tranbia. Airean arropak, pertsonak, oihuak eta metal txirtxilduaren hotsak, sua eta anbulantziak.

Traktorea baserri aldera ez bideratzea erabaki nuen.

Esperantza gasolioa bukatzea zen.

Zazpiak hogei gutxi.

Zazpi eta erdiak.

Zuek badakizue zer den traktore batean mila buelta ematea? Tar-tar-tar tor-tor-tor eta inguruan munduko behi guztiek obratutakoa?

Zortziak eta hamar.

Gurpil azpira saltatzea zebilkidan, buka zedin sufrimendua, baina gurpil azpira saltatzeko kaka gainera saltatu behar nuen, eta ez nuen kakazturik hil nahi, ez jauna.

Zortziak eta hogeita bost, Ixabel bidean.

Hurbildu bitartean jakinaren gainean jarri nuen. Irribarretsu, kontaktura eraman eskua eta KLIK! Salto txiki bat eta traktorea GELDITU egin zen.

Ixabel malkoak zerizkiola.

—Ia bi ordu! ia bi ordu pasa dituzu bueltaka kontaktua kentzia ez zaizulako okurritu! —Eta seeegi barrez.

Enfin.

Uztaileko iluntze epela, kilkerrak lanean. Uzta oparoa, dudarik gabe, munduko behi guztiek obratutakoa eta nire izerdia nahastuz. Ixabelen barre malkoek ere lagunduko zuten.

Neskatxak eskua hartu zidan; nire barruan, bihotza beste errairik ez.

—Mutiko... gustatu egiten zait zu hemen egotia.

Ezpainak haren matrailera, ez nintzen hitz egiteko gauza; hark beste bat bueltan, eta altxatzen ari zela:

—Goazen afaltzera, mokordito.

Afaldutakoan Ixabel eta biok atera egin ginen, lagun maiteok, eta ilargiaren argitan paseoan ibili.

Eta izan zen musurik.

INTXAURBURUKO FESTAK. Korok famatutako neskak (apaizei sotana harrika botatzea eragiten zietenak) ezagutzeko irrikaz klaseko arrok.

Bertsolariak, herri-afaria eta berbena. Denok abiatu ginen, Pablo ere bai, bere bokazioaren sendotasuna froga horretan egiaztatzekotan.

Eta horrela, Koro, Luis-Koldo, Joxe Mari, Izaskun, Pablo, Miren eta zazpiok Intxaurburura iritsi ginen egun batez.

Trikitixa ari zen, animazio handia bertan eta aldameneko txosnan. Seguru asko sen atabikoei jarraituz gizonok taberna aldera jo genuen eta neskek dantzara, baina Pablo, nire ustez oraindik sen atabikoago bati jarraituz, dantzara joan zen, neska artera.

Portzierto, dantzari fina, gure apaiza, eta neskak ez ziren batere txarrak.

—Nola gustatzen dizkion neskak apaizari! Kauen el Concilio Vaticano Segundo! HOSTIA! ZAIZKION, JODER! ZAIZKION!

—Guztiz laket zait herriko jende xehearen pozaldi jolastiarra.

Enfin, konpainia ederra nik, Don Kauen eta Don Euskaltzaindiarekin; Coca-Colan kontzentratu nintzen.

Plazaren beste aldean mutil koadrila batek gu ginduzkan hizpide; begi-bistakoa zen, guri begira elkarri kontu txikiak esaka, eta begiratzen ziguten Ku-kux-klanekoek beltzei bezalaxe.

Seguru asko Luis-Koldok zituen kulpak, Giorgio Armani ez da dotoreago ibiliko; Joxe Mari eta ni normal asko jantzita, baina jakina, jilipitxiaren lagun jilipitxiak ginen.

Halako batean apaizei sotana harrika botarazten dietenetako hiru azaldu ziren.

A ze hiru neska!

Claudia, Naomi eta Cindy.

Altuak, aurpegi polit-politak, udako soineko loredunak, titiz eta ipurdiz buenooo...

Eztizko neskatilak.

Luis-Koldo eta Joxe Mari erletzen hasiak.

Niri berriz, sen atabikoa abisuka ari zitzaidan. Itsas lamiak, edo lehorrekoak, galbidea dira gizasemearentzat, sirena kantaren lilurak hondamendira darama marinela.

Sen atabikoari entzungor eginez, eta nesketako bat eskuarekin haiengana joateko ari zenez, bakar-bakarrik utzi ninduten Don Euskaltzaindiak eta Don Kauenek.

Malizia plazakoen aurpegietan, baita Kororenean ere... ezkutatu ziren Don eta Don, Cindy eta konpainiaren atzetik...

Plassss!

Bi baldeka behi txiza, jaun-andreok.

Eskatologia nagusi. Eskerrak libratu nintzen, gehiegitxo izango zen kaka-egunaren ondoren. Senak salbatu.

Joxe Mari mekauendioska azaldu zen, baina bueno, ohitua gizona, lanbidez, errai, tripa, odol, gorputz-isurietara, edo ohituago, behintzat, atzetik zuen Euskaltzaindia baino. Euskaltzaindia ez zegoen EKIN ETA JARRAItzeko moduan, gizajoa ez zen ezta "zakizkigun" esateko gauza ere.

Bilera orokorra; plazan jende asko barrez, beste batzuk errukituta.

—Sentitzen dut, aurten zuei tokatu zaizue, baina ez haserretu, laster azalduko dira adiskidetzera eta dutxa eta arropak eskaintzera. —Korok.

—Aurten guri tokatu zaigula? Urtero egiten dute hau? —Joxe Marik.

—Urtero bromaren bat kanpotarrei, bai.

—Nolakoa izan zen joan den urtekoa? —Nik.

—Joan den urtean... A, bai, ezer ez, ibaira bota zituzten batzuk.

Don eta Don besteok egindako zirkuluaren erdian, tanta jario. Izaskun penatuena, Luis-Koldo gustatzen-eta.

Korok esan bezala, laster hurbildu zitzaigun Ku-kux-klana.

—Atsaldeon! Aizue, ni baserri hontantxe bizi naiz, zatozte nerekin, txukuntzeko behar ederra daukazue eta!

Nire ustez Joxe Marik harategiko matxetetzarrak zeuzkan gogoan. Luis-Koldok ez zuen erreakzionatzen, otzan-otzan joan zen baserritarraren atzetik.

Korok segitu zuen hizketan. Imajina ezazue Tanzaniako oihanean galdu zaretela eta kanibalek espedizioko bi afaldu dituztela; esploratzaileak dio lasai egoteko, denok onik irtengo duzuela.

Korrorako moduko musika hasi zen, eta segituan hasi zen plazan zirkulu bueltakaria. Ku-kux-klanaren eraso txiza-jaurtitzaileak sortutako egonezina uxatzeko aproposa zelakoan denok sarrarazi gintuen gure irakasle maiteak. Katean tartekatu behar, eta, halako batean, elkarturiko eskuak pasatu zitzaizkidan aurretik, sartu eta lehenengo lana aurre-atzeko katea-mailei begiratzea. Atzetik hasi nintzen: neska bat, politt-politta, aizue. Aurretik segitu nuen: atzeko neska politt-polittaren senargaia, Siziliako *Cosa Nostra*ko hezur puskatzailea eszedentzian, eta ikaragarri gustura kuttunarekiko lotura eten nuelako.

Enfin.

Laster ekin zion *vendetta*ri, besoa erauzi nahi zidan, bide batez eskua txirtxildu eta bizkarrezurra desegin, hori dena irribarretsu.

Plazako izkina aldera iristean, abiada azkartu zeharo eta tira eginez zirkulutik Finlandiarako bidean jarri ninduen. John Waynek nola botatzen zituen gaiztoak *Saloon*eko ate zabukarietatik? Ba holaxe joan nintzen hankaz gora, eta galtzada harria zen zola.

Intxaurburuko festak.

Zutitzeko gauza izan nintzen, halere, eta sen atabikoak tabernara gidatu ninduen, penak Coca-Colatan ito nitzan.

Hombre, txizatan bainatutakoak badatoz.

Joxe Mari normal xamar. Luis-Koldo mahonezko prakak, Kanadako egurgile estiloko alkandora eta... abarkak. Mutilak oin handiak izan, eta zapata normaletan ere nahiko lanak kabitzen.

Hasieran bezala ginen: gizonok edanean, neskak dantzan, Pablo neskatan.

Bertso-saioaren ordua.

Bertsolariek ikasketen ahozko azterketak gogorarazten zizkidaten; gizon batzuk niri begira, swahiliz hizketan; beti mundu arrotzetan, ni.

Lazkano eta Agirre. Gai-jartzaileari ondo ulertu nion, ezkongaiak ziren eta Lazkanok dudak zeuzkan, bestea ez ote zitzaion aitaren dirutzagatik arrimatuko.

DOINUA: MARITXU NORA ZOAZ

LAZKANO

Pitxuflini txaputin
zuretzat eginik
tralarí txurrobeitia
barruko indarrik.
Txarrapikotutiflin
aitaren dirurik
katxazunbopitzotzi
maitea zaitut nik.

AGIRRE

Trasfumandis pitxirri
zu bezain alperra
kotatobiespageti
ein deten okerra.
Kindergarten patxuli
neskatxa ederra
murgoflanen txeroki
izango akerra.

Gelakideak inguruan, tentsioa aurpegietan, ulertzeko ahaleginak, kontzentrazio-zimurrak. Konturatuko zinetenez, nik puntuari erreparatzen banion, beste guztia galtzen nuen. Koro belarriz belarri zebilen, jendeari laguntzen.

Gero musika gehiago, eta lagun maiteok, deabrua ezagutu nuen.

Bai, deabruak Koro Zaitegi du izena, tolosarra, irakaslea, eta arima ustez garbi bat infernuratu nahian ari zen.

Luzifer bere lugartenienteekin ari zen hizketan, Naomi, Claudia eta Cindyrekin.

Pablok Miren-Izaskun-Koro zirkuitua egiten zuen, "agarrauan" ari zenez, neskak Joxe Mari eta Luis-Koldorekin banatuz. Neuk dantzarako gogorik ez, aratz eta birjin Ixabelentzat. Pieza bukatu, eta Pablo bakarrik zegoen memento batean, segituan joan zitzaion Claudia; jakin nahi nuke deabruaren konplize horrek zer kontuak esan zizkion. Gero Naomiren txanda, gero Cindy, denek apaizarekin egin nahi. Jesukristok ez zituen gorriagoak pasatu basamortuan.

Iritsi zen, noizbait, afaltzeko ordua; banuen gogoa lasai-lasai eseri eta zer edo zer jateko, soseguz.

Enfin.

Hiru mahai handitan, dozenaka lagun.

Hango ondokoei heldu eta kantu zaparradak, beste mahaietakoei apurrez eraso beharra, hango builak, barre zoroak, juramentuak, xanpaina erasoak!

Menua zera zen: arrain-zopa ardo beltzarekin (aldamenekoek botata), haragi egosia patata eta xanpainarekin (ídem) eta flan ogi apurrekin (ídem).

Enfin.

Gero krisia pasatu nuen, hizkuntzarekikoa. Aitortu beharrean nago —egiari hainbeste zor zaiolakoan—, jaun-andreok, JESUKRISTOREN GOGOA nuen erdaraz hitz egiteko.

Hasta los mismísimos del vascuence, oiga.

Síchicoesqueestoyhastaaquídeparecertontodelculodetenerquepensartodoloquedigodequemehablenenswahilidenopoderexplayarmeagustoqueaca botodoslosdíasconlacabezacargadísimayunasganasdelcopónbenditodeirmeaalgúnsitiosinlengua sprerrománicasnilamadrequelasparió esateko gogoa nuen.

Enfin.

Berriz hasi zen baltseoa, eta Pablok urratutako bideari ekitea erabaki nuen. Claudiarengana joan nintzen, dantza nola eskatu pedante-tontolkulo-euskaraz-putaidearik-ez-daukana agertu gabe hausnartzen.

Claudia ederra baino ederragoa zen.

—Dantzan... egingo zenuke nirekin?

Begi handi ilunak niregana.

—Bai.

Gerrian nik, sorbaldetan hark.

—Ze mouz? Zu Koron ikasletakua zera, gustora klasian-eta?

—E... bai, oso ondo; Koro oso irakasle ona da, gaizto xamarra.

—Koro, gaiztua? Ze in du oraingo hontan?

—Baaa... zu eta beste bi walkiria bidali apaiza tentatzera.

—Je, je! Horrela izan da, bai; gaizki iruitzen?

—Ez, oso ondo; zertaz hitz egin duzue? Konturatu naiz asko hitz egin diozula.

—A ze kontrola! Eztiot sagarrik eskeini, e?

—Nik gustura hartuko nizuke ba.

Isilunea.

—Zein da hemen gaiztua, mutiko?

—Sinpatiaz.

—Gaiztoak zuek, nire klasekoak bainatu dituzue, Claudia.

—Claudia? Roxa det izena.

—Zure lagunekin azaldu zarenean izenak jarri dizkizuet, Claudia, Naomi eta Cindy.

—Ba Roxa, Ana Mari eta Juani gera, eta bueno, lehengo dutxa hori... festetako gauzak; zu salbatu ein zera, halare, neska gaiztok ezteu zu tentatzen asmatu.

—Eske ni masta nagusian lotua nintzen.

—Masta nagusian lotua? A! Kirk Douglas bezala!

Aitaita greziazalearen marmarrak airean. Hiru pieza Claudiarekin.

—Gero arte, zuk ze izen daukazu?

—Juan Martin.

—Gero arte, Juan Martin.

—Gero arte, Claudia. Roxa!

Eta joan egin zitzaidan Claudia marinel tentatzailea.

Dantzan jo-ta-ke segitu nuen, Izaskun, Koro eta Mirenekin.

Eta Izaskunek zera esan zidan:

—Nola egin leike hori! Txiza bota! Koldori traumatuta ikusi diot!

Eta Mirenek zera esan zidan:

—Uste dut Pablok sotana harrika botako duela.

Eta Korok zera esan zidan:

—Ni, deabruaren laguntzaile? Je, je! Baliteke, baliteke!

Eta goizeko laurak; kontsentsuz, erretiratzea erabaki genuen. Alkizara denok, Joxe Mari, Luis-Koldo, Izaskun eta Kororen pisura.

Bi gela, egongela, sukaldea eta komuna. Etxekoak kafeak-eta zerbitzatzen hasi ziren.

Gogoratu: Joxe Mariri Izaskun gustatzen, Izaskuni Luis-Koldo, Luis-Koldori Miren, Mireni Pablo, Pablori hiru neskak, Korori (?), niri bueeeeno.

Metro gutxitara bi ohe, eta, behar izanez gero, kalean bi auto eta Euskal Herriko ferdetasuna.

Korroan lurrean. Kafea, patxaran, Cola-Caoren bat.

—Soldaduak kuartelean berriz! Zer moduz pasatu duzue? Zaurituak hobeto? —Korok.

—Joder! esan zintezkeen... ZENEZAKEEN! urtero turistei zerbait egiten... diete! DIETELA!

—Urtero egiten da zerbait, bai, baina, Jesus!, nik ezin nuen jakin aurten guri tokatuko zitzaigula, bueno... zuei, eta zer egin behar genuen? Badaezpada ez joan?

—Nik behin telebistan erreportaje bat ikusi nuen, Keniako massai... tarrei buruz, eta ikusten zen ume txikiak nola bainatzen zituzten txizan... txizean... txizatan, oso desinfektante ona omen da. —Mirenek.

Hizkuntza bera —swahilia— eta jendea txizaz desinfektatzeko mania berbera. Antropologo edo antropofagoren batek ikertu beharko lituzke massaitarren eta euskaldunen arteko lotura begi-bistakoak.

Tertulian, bata komunera, bestea sukaldera, eta, halako batean, aipatutako loturak bezain begi-bistakoa zen zerbait, Izaskun eta Luis-Koldo *missing*.

Uiuiuiui...

"Ai, Koldo, maite dizut gehiago...".

"Atsegin dut zutaz... zureganako... zurekiko... Izaskun".

Errieta egin nion neure buruari haien intimitatea urratzeagatik, irudimenaz izan bazen ere.

Handik gutxira Miren eta Pablo desagertu ziren. Koro, Joxe Mari eta hirurok gelditu ginen. Barre ederrak egin genituen Don Kauenen harategian gertatutakoekin, eta halako batean non azaltzen zaigun Miren, Maria Magdalena bihurturik.

—Juan... snif, i, i, Martin... ai ama! Lagunduko di-da-zu etxera?

Gajoa negar eta negar ari zen, besotik hartuta haren baserrirantz abiatu ginen.

—Lasai, Miren. Lasaitu, bonita.

—Eske... i, i... ez dakizu...

—Ez, eta ez jakitea hobe. Apaizekin kontuz ibili behar da, Miren, gogoratu esaera hura.

—Ze esaera?

—“Los cojones del cura de San Fernando los cargan cuatro mulas, y van sudando”.

—O!, ji, ji! ji, ji, ji! Eta bada kantu bat ere: “Nire herriko apaizak semetxo bat badu, osaba esaten dio, berak hala nahi du”.

Eta horrela, Maria Magdalena irribarretsu utzirik, atzera herrira egin nuen. Jakina, gau hura Alkizan bukatu beharko, ia nor sartzen zen oihanean gauez!

Mirenen baserritik urrunduz, egun argiz bitan zeharkatzen nuen basoari erreparatu nion. Belztasunean mozoloak tertulian, eta bihotza goxotasunez hasi zitzaidan betetzen herrira hurbildu ahala. Gaua gauezkoentzat.

Ate danbatekoa, bakarren baten hanka hotsa eta nire bihotzeko goxotasuna Siberian ikusten nuena ikusita.

Ziklopeak galarazten zidan pasatzea.

Lastargia eskuan, bide erdian tente-tente, ilunak aurpegiaren alde bat jaten ziolarik (begiko partxeagatik), Karonte txalupariari arima galduak eramaten dizkion espektroa.

Eta biok.

Sikiera Olentzerok esku-argi bat ekarri balio. Lasaitu egin behar, halere, igual ordua galdetu nahi zidan.

—E... gabon, zer moduz?

Harri botaka eraso zidan, mekauen Satanas! Atzera egin nuen korrika, irri karkara makurra belarrian. Mozoloak, tertuliari utzita, begira sumatu nituen.

Mirenen baserri alderago, jaurtiketa eremutik kanpo, gudu-lekuko egoera aztertu nuen, Napoleonek Austerlitzen bezala.

Errefortzurik ezin eskatu, ez nuen apaiz-hostia-horrek mindutako Miren beste saltsa batean sartu nahi.

Baserri inguruan ziklope-uxagailu bila, balde zahar mailatu bat hartu, putzuetan bete, eta ur uher haietan lurra eta hartxintxarrak bota nituen.

"Orain ikusiko duzu, Vistalegre!".

Han segitzen zuen espektro erronkariak, aurrera ezinik nahi adina denboran edukiko ninduelakoan. Hamabost bat metrora nengoela, harriak. Baldea ezkutu gisa behin, bi aldiz, hiru...

—Aaaaii! CABRÓN!

Arma biologikoa aurpegira hustu nion, eta hustutakoan kristoren kaskarrekoa eman baldearekin. Swahilizko maldizio latzenak orro batean esanez, lastargia bota eta eskuak begira eraman zituen, eta nik Speedy Gonzálezenak egin nituen.

Etxeko epelera.

Eta... boao! *Perros de paja*n Dustin Hoffman, bospasei akabatu eta nola azaltzen den irribarretsu-irribarretsu?

Ba hark sentitu zuena, ziklopea menderatutakoan konprenitu nuen.

Etxean, Koro bakarrik egongelan.

—Joxe Mari lehentxeago oheratu da, badakizu gelan beste ohe bat dagoela. Zer moduz Miren?

—Hobeto, barrez utzi dut.

—Pozten naiz. Pablo serio-serio joan da, ez digu ezertxo ere esan. Lagun iezadazu ohea ateratzen. —Eta ari ginela—. Ezin kexatuko zara, nire ohea uzten dizut lotarako.

—Zure ohea?

—Bai, Izaskun eta Koldo mutilen gelan daude; Joxe Mari, Izaskunen ohean sartu da; zu nirean, eta ni sofan.

—Mila esker, irakasle.

—Ez horregatik, ikasle. Ondo lo egin.

—Berdin; eta gabon musua?

—Je! Gabon musua Gabonetakoa da, baina bueno…

Mua, mua.

Majoa zen Koro, oso. Leher eginda, erantzi eta ohera, izara artean nire irakaslearen usain leuna.

Deskantsua azkenean.

Deskantsu handirik ez, lagun maiteok. Dudarik gabe, Hipopotamoen Abesbatzakoa zen Joxe Mari.

ASTELEHENA, JAI ONDOKO ALFERRA. Jaiki orduko erabaki zuen gure irakasle maiteak ez zegoela eskolarik; ikasleria gustura asko.

Mirentxu panpoxa-panpoxa azaldu zen, kruasan egin berriekin. Izaskun eta Luis-Koldo Kupidok geziz josirik mahairatu zitzaizkigun, maitasunak jotakoei jartzen zaien aurpegi zenbat maite-zaitudan-cariño-mío horrekin.

Gosaria, mundiala.

Eta beti bezala, gosaldutakoan abiatu, baina orduko horretan hemisferioz, meridianoz edo galaxiaz aldatuta nengoenez, etxerantz, etxetik beharrean.

Goiz giro ederra eta bidean zikloperik ez.

Baserrian kristaurik ez. Dutxa ederra hartu eta atarian eseri nintzen, zeru berde eta zelai urdinei begira, edo aldrebes igual.

Aurreko gauean Siberiara joandako goxotasuna bueltan nire bihotzean.

Ixabel eta ama, aitzurrekin; amak "egunon" eta barrura, Ixabelek "egunon" eta aldamenera.

—Zer, parrandero? Gaupasa eginda, e?

Deeena kontatu nion, txiza euria, korroan hasi eta nola joan ziren nire hezurrak galtzada harrietara, bertso-saioa, deabruak nola tentatu zuen hiru aldiz Pablo, afaria, erdaraz egiteko nire irrika, Claudiarekikoa, itsas lamiak eta masta, Alkizako etxekoak, ziklopea nola menderatu nuen, non eta nola egin nuen lo, alegia non eta nola ez nuen batere lorik egin. Ixabelek zirkuan baino hobeto pasatu zuen.

—A ze epopeia, mutiko!

—Ixa... epopeia esan duzu eta... badakizu nire izena Juan Martin Ulises dela?

—Hara! Ba...

—Ulises etxera bueltatu zenean, Peneloperen pretendienteak hil zituen, baina nik ez dut hori egin beharko, ezta?

Ixabelek ez zidan berehalakoan erantzun, baina haren irribarreak konexio zuzena zuen nire bihotzeko goxotasunarekin.

—Ez, Juan Martin Ulises maitia, eztezu inor hil beharrik, eta portzierto, ni Ixabel Penelope bataiatu ninduten.

UDAK AURRERA SEGITU ZUEN, lagun maiteok, eta izan zuen heroiak patxada hartzeko denborarik, hasiera bateko milaka arriskuak etxekotuta.

Eskuak zaildu, hankak Harrialde-Alkiza zirkuituan sendotu, batua eskolan aberastu, eta Morgani azken egunera arte hostiarik ulertu ez.

Eskolan bakoitza bere zoroak bizi, jakina. Izaskun eta Luis-Koldok, kupido ipurmasailgorriz inguraturik gau eta egun, euskalki berria asmatu ziguten, nor maitearen akatsak bereganatuta, eta horrela, bietako edozein gai zen "ezin leikezut adieraz dakusadana" esateko.

D'Artagnan eta hiru euliteroak bihurtu ziren Koro, Joxe Mari, Pablo eta Miren; bai, apaizak harrika bota zuen sotana, Mireni eskua eskatu, eta Mirenek eskua eta beste guztia eman zion; Don Kauen eta gure irakasle maitearekin a ze parrandak egin zituzten, uda epel hartan.

Eta ni zoriontsu, feliz, heureux eta happy nintzen nire Ixabel Peneloperekin.

"San Simon eta San Juda, joan zen uda, eta zibilizaziora bueltatu beharra heldu da".

Alkizan ezin esan ezer bukatzen zenik, izan ere zin egin genion elkarri hilean behin afaritan bilduko ginela, txuletoiak Joxe Mariren kontu, eta zin horrek ederki gozotu zituen despedidaren mikatzak. Izan zen, halere, malkorik, musurik eta "ondo ibili" sentikorrik.

Eta Ulises, emozionaturik, baserrira abiatu zen.

Baserriko sukaldean adiorik ez; ordurako, baita "iskuak" ere bazekien Ixabel eta biona, baina gauzak behar bezala egin behar direla-eta, Morganek egundoko hitzaldia bota zidan, swahili dotorean.

Auskalo zer esan zidan gizonak.

Musuak amak, bizkarrekoa "A"k; musuak Begok, bizkarrekoa "B"k; musuak Ixak, bizkarrekoa Morganek, eta, Jaungoikoari esker, bizkarrekoa amonak.

Baserritarrak atarian, taxi zibilizatu-zibilizatu batek hartu ninduen, eta lehenengo eguneko indigena potolo-txapeldun-purudunarekin ez bezala, ikasitakoaren erakusgarri, txoferrarekin ez nuen inongo komunikazio arazorik eduki.

Erdaldun peto-petoa zen.

GRIPEAK ETA BIRUSAK

Anjel Alkain
"Gorringo" Antzerki Taldekoa

DAGOENEKO BEDERATZI URTE pasatu dira *Kutsidazu bidea, Ixabel*en gripea gure etxean izan genuela. Aurrena, arrebak leitu zuen, bere koartoan, lehertu beharrean, ordura arte Corín Telladoren historiak leitzen aritzen zen, eta, halako batean, joan naiz bere koartora eta galdetu diot:

–Zertan ai zea?

–Zertan aiko naiz ba? Leitzen!

–Euskeraz?

–Bai, permisoa behar al da edo?

–Euskeraz... eta parrez?

–Bai. Ikearri ona da.

Nire bizitzan aurreneko aldiz nire arrebak pasatutako liburu bat leitzen nuen. Komunean izan zen. Ordura arte neure buruari entrebistak egiten nizkion tokian. Orain ez, orain liburua ari nintzen leitzen. Gero amak komuneko atetik zera esan zidan:

–Anjel, zertan ari zera?

–Leitzen, ama.

Nik bukatutakoan, segituan aitak eta amak leitu zuten. Ordura arte, euskaraz, Basarriren "Nere bordatxotik" kronika irakurtzen zuten, eta halako batean: "Guk ere leitu beharko degu ba!".

Aitak eta amak, Txilen, Atakamako basamortuan dagoen izeba mojari bidali zioten liburua. "Jesukristona" iruditu omen zitzaion.

Geroxeago, Pirinioetan ginela, kanpin-denda barruan, gauero linterna piztuta Mireni leitu nion: "ikearri ondo pasa genun"...

Bederatzi urte eta gero, gripeak birusaren piura hartu du. *Kutsidazu bidea, Ixabel* antzerkira moldatu eta ezin sinisturik gaude gertatzen ari dena. Aurreneko saioan 200 lagun izan genituen, tartean gurasoak, lehengusu txikiak, lagunak. Gero antzokiak txiki geratu eta frontoietan egin izan dugu eta birusen antzera bazter guztietan ari gara, herri txiki nahiz hiri handietan, eta liburua leitzerakoan bezala, seme-alabek gurasoei esaten diete: "Aita, ama, segizazue teatroa ikustera. Kriston parrak egingottuzue!".

Koadriletan antzera, baten batek ikusi eta gainontzekoak hurrengo emanaldira azaldu.

"Hi, Alkain, ooona, ikearri ona teatroa, umiak amanian utzi ta andria ta biyok jun giñuzen!".

"Hi, Alkain, autentikoa ateratzezuen traktoria. "Paskuali" markakua!".

"Hi, baserritarrak ez gaituk horren basapiztik, e!".

"Kaiso, Erandioko euskaltegiko ikaslea naiz eta joe... gustatu zait pila bat antzerkia, ni orain dela 6 urte Tolosaldeako baserri batean egon nintzen udan eta, Isidrori, aitari ez nion piperrik ulertu uda osoan".

"Oso ona e! O sea, benetan identifikatuta sentitu naiz Juan Martinekin, eske ni Errezilen egon nintzen baserri batean eta benetan goizeko seietan jaikitzen ginela belarretara joateko!".

"Iepa, Trinidade plazan zeuen emanaldia ikusi nuen ta joe, oso ondo e! Bakarrik kuriositate bat, swahiliz hizketan ari zaretenean beti zerbait esaten ari zarete ala ez? Koadrilako batzuk ezetz esaten dute eta beste batzuk baietz".

Halako galderak erruz egin dizkigute estreno egunetik hona eta liburuarekin pasatu zen bezala, orain ere jende klase zeharo desberdinari gustatzen zaio emanaldia: Bilboko Zorroza auzoko euskaltegiko 20 urteko ikasleari, 55 urteko frontoi-gizon ilehoriz tintatutako purudun ipurdia aterea duen euskaldun zaharrari… baina hala ere, polittena, herrietako oilalokak oilategitik ateraraztea izan da, eta “ama, ixilduko altzea faborez?”entzun gabe, beste 500 ikuslerekin batera nola barre suelto egiten duten ikustea.

“Ai, ama!, Maixabel, pixa gaiñian eingoñat!”.

“Esan nian paketia jantzita etortzeko!”.

Liburu hau
2004ko ekainaren 30ean
inprimatua da.
Garamond
letra mota
erabiliz.